Gardénia rouge

Dans la même collection :

Joseph Hansen : *Par qui la mort arrive*
Charles Williams : *La Fille des collines*
Jim Thompson : *Liberté sous condition*
Tony Hillerman : *L'endroit où dansent les morts*

Hors collection :

Joseph Hansen : *Le Noyé d'Arena Blanca*

ISBN : 2-86930-004-2

Titre original : Red gardenias

5, rue Paul-Louis Courier - 75007 Paris
10, rue Fortia - 13001 Marseille

Jonathan Latimer

Gardénia rouge

Traduit de l'américain
par Claude Benoit

Collection dirigée par
François Guérif

rivages/noir

1

« Il y a un cambrioleur en bas, dit Ann Fortune.

— Un cambrioleur ? » William Crane se redressa dans l'antique lit à colonnes, clignotant des yeux sous la lumière vive. « Un cambrioleur ?

— Il n'a pas déposé sa carte », dit Ann.

Pudiquement, Crane tira sur lui l'édredon en patchwork. « Laisse le cambrioleur en paix ». Gris cendré, comme la fumée qui s'évanouit d'une cigarette, sa respiration flottait dans l'air. « Ce n'est pas notre maison.

— Tout le monde croit le contraire."

— Doit-on se préoccuper de ce que croit un cambrioleur ?

— Oui. » S'efforçant de ne pas sourire, elle plissait ses yeux verts, couleur de mer, et fronçait ses sourcils. « Tu dois descendre et l'abattre.

— Bon, très bien, dit-il. Je vais descendre et lui tirer dans la jambe. »

Il balança ses pieds hors du lit. Au niveau du plancher, l'air était très froid. Il remit ses pieds sous les couvertures.

Elle faisait le guet à la porte de la chambre. « Alors ?

— Tu es belle, dit-il.

— Tu ne vas pas lui tirer dessus ?

— Belle, blonde... et assoiffée de sang !

— Pas si fort. Tu vas l'effrayer.

— J'espère bien.

— Tu es un excellent et courageux détective. J'ai donc pensé que... » Elle hésita pendant une demi-seconde. « Tu l'entends ? »

Un bruit tintinnabulant parvint de l'étage au-dessous.

Un souffle de vent de novembre, froissant les stores, le couvrit momentanément ; mais, à la première accalmie, ils l'entendirent à nouveau. Crane ressentait une impression favorable.

« Je crois qu'il se verse un verre. »

Une robe vert Nil, étroitement fermée, révélait ses formes sveltes. « Bill ! » Ses cheveux étaient aussi clairs qu'une corde de Manille. « En tant que chef de cette maison, il est de ton devoir...

— D'accord, dit-il précipitamment. Mais je n'ai aucune expérience des cambrioleurs.

— Voilà ta chance d'apprendre.

— Tout de même, qu'est-ce qu'un homme ne ferait pas pour sa femme ? » Il frissonna en posant ses pieds sur le parquet. « C'est froid.

— Aux yeux des gens, *je suis* ta femme.

— Mais pas aux yeux de Dieu.

— Ça jamais, ajouta-t-elle. Allons, dépêche-toi.

— Je crois qu'il est parti.

— Non. »

Il chaussa ses pantoufles et revêtit une robe de chambre en tissu écossais. Puis il sortit un P38 d'un sac en peau de porc à fermeture éclair. « Si je suis tué, tu auras ma mort sur la conscience.

— Elle ne me pèserait pas trop lourd. »

Il la dépassa devant la porte, imaginant comme il serait agréable de l'embrasser. Il aimait sa peau, qui avait pris au soleil la teinte des grains de blé, et la façon dont elle plissait ses yeux verts et fronçait les sourcils. Il souhaitait presque être vraiment son mari.

« Alors, au revoir », dit-elle.

Arrivé à la moitié des marches, il pensa qu'il pouvait légitimement prétendre à lui dire un vrai « au-revoir » et à lui voler un baiser. Il était sur le point de revenir sur ses pas pour tenter le coup, mais il n'en fit rien. Il se rappela qu'il traquait un cambrioleur, et que c'était un travail sérieux.

En se penchant par-dessus la rampe, il aperçut un rai de lumière près de la porte du salon. Il aurait aimé tirer un ou deux coups de feu en direction du bas de l'escalier, pour faire fuir le voleur, mais il se sentait obligé de le capturer. L'agence de détectives privés, pour laquelle ils travaillaient, Ann et lui, leur avait donné à résoudre une probable affaire de meurtres, et il était fort possible que, d'une façon ou d'une autre, le cambrioleur y fût mêlé.

En outre, ils louaient la maison, et les coups de revolver n'étaient pas la manière idéale de nettoyer les tapis.

Il traversa le couloir et jeta un coup d'œil dans le salon.

De faibles rayons de lumière, s'échappant de l'abat-jour parcheminé d'une lampe de bureau, dessinaient un demi-cercle bleu et blanc sur un tapis d'Aubusson, se perdaient dans les ombres des hauts murs bleus, réapparaissaient comme des lucioles dans un lustre de cristal. Au dessus du bureau, et des feuilles de papier brillantes qui le submergeaient, un homme était penché. Alors que Crane l'observait, il déchira l'une des feuilles, puis en jeta les morceaux dans une corbeille à papier métallique. Il prit un verre posé près de la lampe et but une gorgée.

Crane pensa que c'était une manière d'agir diablement étrange pour un cambrioleur. Il pénétra dans la pièce et se montra en pleine lumière. « Les mains en l'air », ordonna-t-il.

L'homme renversa le verre, qui dégringola à ses pieds. « Quoi ? ». Deux cubes de glace tombèrent sur l'Aubusson bleu et blanc.

« Vous avez très bien entendu », dit Crane.

Le cambrioleur était jeune et d'aspect distingué. Il avait des cheveux très noirs, des sourcils épais et droits, et portait un costume en tweed. Un costume de bonne coupe, gris, moucheté de vert et de rouge.

« Je ne suis pas armé, dit-il. Vous pouvez rengainer votre revolver.

— C'est bon, répondit Crane. D'ailleurs, je ne suis pas certain qu'il soit chargé.

— Vous êtes M. Crane ? »

Crane hocha la tête et dit : « Vous avez l'avantage sur moi. »

Le jeune homme fixa délibérément le revolver : « Je ne dirais pas cela.

— Peut-être que non, en effet », acquiesça Crane. Il regarda le fouillis de papiers qui jonchaient le bureau : des lettres, quelques factures, des documents dactylographiés. Il regarda le verre renversé. « Vous avez une flasque sur vous ?

— Papa ne vous a pas indiqué où l'on cache les alcools?

— Votre père aussi est un cambrioleur ?

— Je ferais mieux de m'expliquer, dit le jeune homme. Mon père est Simeon March.

— Oh ! » Du bout du pied, Crane retira les glaçons restés sur le tapis d'Aubusson.

« Nous ne vous attendions pas avant demain, reprit le jeune homme.

— Nous avons pris l'avion, expliqua Crane. Votre père... si c'est bien votre père... n'était pas là ; c'est le maître d'hôtel qui nous a conduits ici. » Il se rembrunit, réfléchissant intensément. « Tout ça n'explique pas...

— Je sais. » Le jeune homme se dirigea vers une chaise en damas blanc.

« Vous permettez que je m'asseye ?

— Et moi, puis-je également m'asseoir ? »

Un brusque sourire effaça toute trace d'humeur maussade aux commissures des lèvres du jeune March, ce qui rendit son visage charmant. Il s'assit sur la chaise damassée. Crane préféra un canapé recouvert d'un velours bleu très doux. La pièce avait dû être arrangée par un décorateur professionnel, tant les bleus et les blancs se mariaient harmonieusement.

Le jeune March dit, sur le ton de la conversation :

« Cette maison appartenait à mon cousin, Richard March.

— On m'a dit ça.

— Je suis venu mettre de l'ordre dans la correspondance de Richard, ajouta le jeune homme. Il avait un certain nombre de relations féminines. »

Aussi noirs et raides qu'un bâtonnet de réglisse à deux sous, ses sourcils rejoignaient presque son nez. « Vous savez — il pourrait y avoir une lettre compromettante — un petit mot, ou autre chose du même genre.

— Compromettante pour qui ? Richard ou les dames ?

— Oh, pour Richard. » Il avait posé ses yeux sur les cubes de glace. « Vous savez, le nom, la famille ». L'eau imprimait des cercles sombres sur le tapis.

— Vous pensez que le nom des March a quelque chose à craindre de moi ?

— Je ne sais pas. »

Le dossier du canapé se tendit sous la nuque de Crane. « Bon, très bien ». Dans le siège, un ressort siffla. « Vous auriez quand même pu donner un coup de sonnette.

— Comme je vous l'ai dit, je ne savais pas que vous étiez arrivés.

— N'en parlons plus. » Crane s'appuya à fond contre le dossier, s'aidant du rebond pour se remettre debout. Il désigna vaguement du doigt les papiers : « Prenez-les. Encore une chose... Voulez-vous me faire une faveur ?

— Bien sûr.

— Où trouve-t-on à boire ? »

L'office des domestiques, tout en émail blanc, renfermait un meuble-bar. Crane choisit une bouteille de whisky. Il demanda : « Vous prenez un verre avec moi ? » March opina d'un signe de tête, et ils retournèrent au salon, chargés de la bouteille et des verres. Ann Fortune était là.

« Je pensais que peut-être le cambrioleur t'avait tué », dit-elle.

Crane comprit que c'était un mensonge : elle avait pris

le temps de mettre du rouge à lèvres. La robe couleur du Nil allait vraiment bien avec ses cheveux blonds. Il fit : « C'est lui notre cambrioleur, Ann. »

Ann sourit. « On dirait que tu as rejoint sa bande.

— Non, au contraire, dit March. C'est un hôte parfait. Je m'appelle Peter March. Un verre ?

— Avec plaisir.

— Tiens, chérie. » Crane lui tendit son verre et dit : « M. March est le fils de Simeon March. »

Ses sourcils se haussèrent au-dessus de ses yeux verts. « Avec tous ces millions de dollars devant lui, il a quand même besoin de cambrioler ? »

Peter March rit comme un enfant. Crane dit : « Il ne nous attendait pas avant demain.

— Nous ne l'attendions pas non plus. » Elle s'assit sur le canapé bleu et plia les genoux pour ramener ses jambes sous elle. « Il aurait été plus poli de sa part de téléphoner. » Ses jambes minces étaient très bronzées.

« Non, vraiment, protesta Peter March en souriant, je peux tout expliquer.

— Il a déjà tout expliqué, dit Crane.

— Tout va bien alors ? s'enquit Ann.

— Certainement. »

Crane versa deux doigts de whisky dans un verre. « A la santé des as de la cambriole. »

Ils burent tous. Ann couvrit ses chevilles à l'aide d'un gros coussin. « Il fait toujours aussi froid en novembre ?

— Il fait joliment frisquet, mais on aime ce temps, dit March. Les canards reviennent.

— J'adore les gentils petits canards*, dit Ann.

— Vraiment ? Si votre mari les aime aussi, je l'inviterai à notre Club de chasse.

— Je ne suis pas un assez bon fusil, dit Crane.

— Cela n'a pas d'importance.

— Dans ce cas, c'est d'accord.

(*) Jeu de mots : « Duck » = 1) canard ; 2) personne adorable.

— Fantastique. Disons, dimanche prochain. »

Ann voulut savoir quelle était l'occupation des femmes pendant que leurs maris chassaient le canard.

« Tout dépend de quelle catégorie de femmes il s'agit, rétorqua Peter March.

— La pire de toutes », affirma Crane, et il fit à Ann un large sourire.

« Elles organisent une soirée-cocktail. C'est la coutume, chez les épouses les plus sélectes de Marchton. » Par contraste avec sa peau très mate, les dents de March paraissaient d'une blancheur éclatante. « Elles prétendent qu'elles s'imbibent en signe de protestation.

— Elle restera à la maison et fera du tricot, lorsque je serai sorti, dit Crane.

— Je n'ai jamais su tricoter*, rétorqua Ann. Sauf des gambettes. »

Crane lut l'admiration dans les yeux de Peter March. Il ne le blâmait pas. Il se dit qu'il n'aurait peut-être pas dû réagir aussi violemment à l'idée de travailler avec Ann. Mais elle était la nièce du patron — et cela ne lui plaisait pas du tout. Il ne voulait pas qu'une parente de son patron observe comment il se débrouillait dans une affaire criminelle. De plus, il pressentait qu'il lui serait très difficile de picoler, tant qu'elle serait dans les parages.

Peter March leur annonça que son père s'était arrangé pour qu'ils deviennent membres cooptés du Country Club et du City Club.

« C'est très aimable à lui, dit Crane.

— Et cette maison est ravissante, reprit Ann.

— La femme de Dick, Alice, venait juste d'en terminer la décoration, lorsqu'ils ont divorcé », précisa Peter March, son visage perdant soudain toute aménité. « Elle avait engagé un homme — enfin, façon de parler : il portait un pantalon — qui était venu spécialement de New

(*) Calembour : « to sew » = coudre ; « to sow one's wild oats » = jeter sa gourme.

York, pour exécuter le travail. » Ses sourcils formaient désormais deux lignes absolument droites. « Dick a dépensé vingt mille dollars pour cela. »

La manière dont il prononça ces mots laissait clairement entendre qu'il désapprouvait cette dépense. Crane se demanda ce qui pouvait bien être arrivé à Richard. Il était sans doute mort.

« C'était très gentil de votre part de nous laisser l'utiliser », dit Ann.

Peter March posa son verre et lui présenta des cigarettes. Elle en prit une ; il gratta un allumette. « Papa était heureux de la louer, expliqua-t-il. Elle fait partie de l'héritage. » Il alluma sa propre cigarette. « Elle est à vendre... mais elle n'est pas mise aux enchères.

— C'est un arrangement épatant, nota Crane. On n'a eu qu'à accrocher son chapeau à la patère.

— Nous sommes, nous aussi, satisfaits de cet accord. Ce n'est pas tous les jours qu'on peut s'attacher les services d'un bon publiciste. Notre département « publicité » a bien besoin d'être repris en mains. » Peter March leva son verre, le porta à ses lèvres, et continua de parler. « Voilà déjà un an que je harcèle papa, pour qu'il embauche une personne de valeur.

— Il m'arrive aussi d'être mauvais, fit Crane.

— Chéri, tu es un formidable rédacteur », corrigea Ann.

Fronçant les sourcils presque jusqu'à l'arête du nez, Crane lui fit les gros yeux ; sans le moindre résultat, apparemment.

« Il possède ce qu'on appelle « P.S.F. », expliqua-t-elle à Peter March, « Pouvoir de Séduction des Femmes ».

Crane s'esclaffa. « On me surnomme Casanova Crane, le plus coquin des rédacteurs de publicité.

— Vous êtes très fort, si vous parvenez à glisser du sexe dans une machine à laver », conclut Peter March.

Il souriait de nouveau, et Crane remarqua le changement qui s'opérait alors dans sa physionomie. Il paraissait moins âgé. Quand il ne souriait pas, son visage semblait très sévère, à cause surtout de ses sourcils rigoureusement rectilignes et de ses lèvres incurvées. Lorsqu'il souriait, il avait l'air d'un enfant, et il était presque beau. Crane lui donna vingt-huit ans, à quelques mois près.

« Voulez-vous boire un autre verre ? » demanda-t-il.

Peter March répondit qu'il en voulait bien un, mais un petit. Ils en burent un petit tous les trois. March consulta sa montre-bracelet. « Il faut que je m'en aille. » Il serra la main d'Ann ; un geste qui n'était pas indispensable, songea Crane. « C'est le plus charmant cambriolage que j'aie jamais effectué, ajouta-t-il.

— Recommencez ce genre d'effraction aussi souvent qu'il vous plaira », dit Ann.

Crane plaisanta : « Notre porte vous est toujours fermée.

— Merci. » March était plus grand qu'Ann, d'une demi-tête environ. Il souriait toujours. « Si vous n'avez pas de voiture, nous en tenons un plein parc à votre disposition. Ainsi, demain, si vous en avez l'intention, vous pourrez aller en ville.

— Voyons, c'est très gentil... », commença Ann, lui rendant son sourire.

Crane coupa sèchement : « On va nous en amener une de New York. Williams, notre chauffeur-factotum, la conduit, et il y a dedans tous nos bagages, toutes nos affaires personnelles. »

Peter March insista : « Mais s'il n'arrivait pas...

— Alors, nous serions très heureux d'utiliser l'une des vôtres », dit Ann.

March s'approcha de la table sur laquelle était posée la lampe à l'abat-jour de parchemin. « Je prends mes papiers, et... »

De la porte, une voix caverneuse et métallique retentit : « Halte, mon pote. Pas de ça ! Eloigne tes pattes de ce bureau. »

Un homme maigre, vêtu d'un pardessus bleu, se tenait près de la porte du salon. Crane eut l'intuition qu'il était déjà là depuis un bon moment. Un mouchoir blanc masquait le bas de son visage ; un chapeau de feutre cachait ses yeux. Il brandissait un pistolet automatique.

« J'emporte les papiers », dit-il.

Crane n'avait jamais entendu une voix pareille. Elle rendait un son étrange, comme si l'homme parlait dans un tuyau à gaz, comme si son larynx était en étain. Lorsqu'il parlait, sa respiration provoquait un sifflement bizarre.

« Mets-toi avec les autres, lança-t-il à Peter March.

— Cette maison est aussi intime que Grand Central, aux heures d'affluence, dit Crane.

— Toi, fais pas le malin, chuchota l'homme. Je ne veux amocher personne, compris ? » Un bouton manquait à la manche gauche de son pardessus.

Agitant son pistolet sous le nez de Peter March, il le fit reculer, puis il alla vers la table. Ann Fortune l'observait de ses yeux vert foncé. Il fourra une poignée de papiers dans la poche de son pardessus.

« Non, s'écria Peter March. Ne faites pas cela. »

Il s'élança vers l'homme, et Crane eut la certitude immédiate qu'il allait être tué. L'homme semblait effrayé, indécis. Crane retenait son souffle. L'homme frappa March à la tempe, avec le canon de son revolver. Crane remarqua que son poignet était petit. L'os était bleu-blanc, tel le carpe d'un clochard qui ferait la manche en plein hiver. March s'écroula, mais il n'était pas gravement blessé. Ann s'apprêtait à crier.

« Eh là, ma jolie », murmura l'homme.

Ann se tut. L'homme enfonça le reste des papiers dans la poche de son pardessus. Il vit le P38, l'empocha, puis pointa son automatique vers Crane.

« C'est tout ?

— A ma connaissance, oui, dit Crane.

— Et toi, March ? »

March était accroupi sur le tapis d'Aubusson, les deux mains pressées contre sa tempe. « Je ne sais rien de tout cela, répondit-il de mauvaise grâce.

— A d'autres ! » La voix de l'homme, avec son timbre métallique, résonnait comme celle d'un Chinois. « Je t'ai entendu raconter à tes amis pourquoi tu étais ici.

— Bon, ça va, dit March.

— Non, justement, ça ne va pas. » L'homme avança vers March, mais ses yeux et son pistolet restaient fixés sur Crane. « Il y a une certaine personne qui souhaite qu'on ne vienne pas fouiner dans le coin.

— J'ai compris », dit March.

Très rapidement, l'homme fit deux pas en avant, glissa sa main dans la poche intérieure du veston de March, en sortit trois lettres ; le revolver était toujours braqué sur Crane.

« Ainsi vous n'êtes au courant de rien, Monsieur March, railla-t-il.

— Ecoutez, commença March, je vous donnerai...

— Ferme ça. » L'homme leva son revolver, comme pour frapper le visage de March du revers de la main. « Elles seront en sûreté, là où elles vont. » Son visage touchait presque celui de March. « A l'abri, tu piges ?

— Et c'est où, là où elles vont ? demanda Crane.

— Toi, le petit malin, ne te mêle pas de ça », dit l'homme en se dirigeant vers la porte.

L'homme disparut dans le couloir. Moins d'une seconde après, ils entendirent claquer la porte d'entrée. Peter March se remit sur ses jambes. Dehors, à environ une demi-rue de leur maison, le moteur d'une automobile vrombit; son conducteur passa immédiatement la seconde.

« Vous allez bien ? » demanda Ann à Peter March.

Il ôta les mains de sa tempe. Pas de sang ; juste une bosse, là où on l'avait frappé. « Le salaud, maugréa-t-il. Qui peut bien l'avoir envoyé ?

— Ces lettres étaient-elles si importantes ? questionna Ann.

— Pour la famille March, oui. Et peut-être aussi pour plusieurs des femmes de Richard March.

— Richard devait être un homme fascinant » dit Ann.

Le visage de Peter March s'assombrit soudainement : « Un tas de femmes le pensaient. »

Crane récupéra son verre, agréablement surpris de constater qu'il y restait encore du whisky. « Vous m'aviez expliqué que vous détruisiez des lettres compromettantes », dit-il. Il but le whisky.

March acquiesça de la tête.

« Mais les lettres dans votre poche... ?

— Oh, celles-là ? » March hésita quelques secondes avant de répondre. « J'étais... j'allais les détruire chez moi.

— Je crois que j'ai entendu sonner », dit Ann.

Ils écoutèrent. Quelqu'un faisait tinter avec insistance la sonnette de la maison.

« J'espère que ce n'est pas le facteur qui apporte d'autres lettres », dit Crane.

2

Sous la lumière blanche du porche, une femme apparut, vêtue d'un somptueux manteau de vison. Elle était mince, et sa chevelure noire scintillait. Derrière elle, dissimulé dans l'ombre, se tenait un homme.

« M. Crane est là ? s'enquit-elle.

— Carmel ! » Peter March, qui s'était avancé derrière Crane, ouvrit la porte toute grande. « Et toi, Papa ! Que venez-vous faire ici ? »

D'un pas rude et heurté, Simeon March entra dans la maison, à la suite de la jeune femme. C'était l'homme le plus riche de la région ; le propriétaire de la firme « March and Company », la seconde marque de machines à laver électriques et de réfrigérateurs la plus importante des Etats-Unis ; le fondateur du comté de Marchton ; le président de la fondation March pour la recherche médicale.

Crane lui concédait un autre privilège : c'était, en ce moment, son employeur.

Dans le salon bleu et blanc, Peter March fit les présentations. La femme en noir s'appelait Carmel March. Regardant Simeon March, Crane se demanda qui pouvait bien être Carmel March. Pas la femme de Richard March, puisque celle-ci se prénommait Alice. Il remit à plus tard la solution de cette énigme et répondit aux questions de Simeon March.

« A la première minute, nous avons pris l'avion, dit-il. C'est pourquoi nous avons une journée d'avance. »

Simeon March avait une chevelure blanche intacte, de lourds sourcils poivre et sel, des moustaches tombantes, et des yeux du même marron que le sucre d'érable. La peau de son visage et de ses mains était délavée : presque totalement tannée, elle laissait apparaître des taches d'un brun très foncé. March était tout ridé, comme un vieil Indien. En le voyant, Crane pensa à Theodore Roosevelt, bien qu'il n'y eût aucune ressemblance physique entre les deux hommes.

Il était sur le point d'ajouter quelque chose à l'intention de Crane, lorsqu'une exclamation poussée par Carmel l'interrompit brusquement.

« Peter ! Que t'est-il arrivé ? » Elle traversa le salon pour rejoindre le jeune homme, ses yeux noirs fixés sur la tempe tuméfiée.

« Ce n'est rien, dit Peter.

— Mais si. » Une certaine inquiétude perçait dans sa voix ; elle se tourna vers Crane : « Comment cela s'est-il produit ? »

Crane lui raconta l'incident, convenant intérieurement, au fur et à mesure qu'il parlait, qu'elle était vraiment très belle. Son visage ovale était aussi lisse que le masque d'une statue, mais l'inquiétude qui l'envahissait à propos de Peter March, lui donnait à ce moment-là une mobilité émouvante. C'était l'une des femmes brunes les plus flamboyantes qu'il ait jamais vues — des cheveux encre de Chine, des lèvres framboise, une peau couleur du lait de magnésie, et des yeux... des yeux si noirs, si lumineux, si limpides, qu'ils lui faisaient l'effet d'un café très serré.

« Mais pourquoi diable as-tu tenté de l'arrêter ? » demanda d'un ton bourru Simeon March à son fils, quand Crane eut terminé son récit.

« Il pouvait utiliser les lettres pour nous faire chanter », dit Peter.

Simeon March maugréa : « Qu'il essaye pour voir.

— Il les a toutes prises, Peter ? questionna Carmel, *Vraiment toutes ?*

— Oui. »

Elle avait oublié la bosse sur la tempe de Peter. Elle

s'assit sur le canapé, quitta son vison, dévoilant ainsi d'exquises épaules. « C'est étrange », fit-elle d'une voix douce. Elle portait une robe du soir de tulle noir, si profondément décolletée, que l'on pouvait discerner l'ombre bleutée de la tendre anfractuosité entre ses seins.

Peter expliqua à son père qu'il avait eu l'intention de détruire les papiers personnels de Richard, avant que la maison ne fût habitée. « Je venais juste d'y penser », dit-il.

Simeon March demanda: «Avez-vous appelé la police ?

— Si on appelle la police, cela nous fera une mauvaise publicité, avertit Peter.

— Le type a révélé qu'il emportait les papiers pour quelqu'un d'autre, précisa Crane.

— Toute son attitude sous-entendait le chantage, dit Peter.

— Faire chanter un mort ? grogna Simeon March. Bah ! »

Crane songea, non sans fierté, qu'il avait deviné juste à propos de Richard. Il se demanda depuis combien de temps il était mort.

— On dirait un de ces drames policiers, dit Ann.

— Pourquoi, ça n'en est pas un ? » fit Carmel March.

Simeon March la dévisagea. « Tu aurais pu empêcher cela, gronda-t-il. Tu disposais d'une année entière pour faire disparaître les papiers de Richard.

— Pourquoi aurais-je dû y penser ? » rétorqua-t-elle. Le ton de sa voix était devenu cassant.

Pendant un instant, leurs regards se lancèrent un défi réciproque, puis Simeon March pivota vers son fils : « *Toi*, tu aurais pu empêcher cela.

— J'aurais dû, effectivement, admit Peter, mais je n'y ai pensé qu'aujourd'hui. »

Dans la colère, les yeux de Simeon March prenaient une couleur topaze. « L'imbécile », grommela-t-il.

Crane pensa qu'il n'aimerait pas se trouver en travers de

la route du milliardaire. Ce n'était pas le genre d'homme que l'on pouvait rouler aisément. Pour désamorcer la bombe, dont il sentait venir l'explosion, il lança à la ronde : « Qui veut boire un verre ?

— Moi, dit Ann. Toujours prête pour un verre. »

Les autres acceptèrent également son offre. Carmel proposa d'aider à transporter la glace et les verres, mais Ann refusa.

« Tôt ou tard, je vais devoir explorer cette cuisine, dit-elle. Alors, autant commencer maintenant.

— Je t'accompagne comme garde du corps », dit Crane.

Etincelante sous la porcelaine et les chromes, la cuisine semblait sortir tout droit d'une publicité dans un magazine. On y trouvait un évier à double bac, une cuisinière électrique, un lave-vaisselle, et le plus grand frigidaire que Crane ait jamais vu de sa vie. Il ouvrit la porte du réfrigérateur, avec un luxe de précautions.

« Que fais-tu ? demanda Ann.

— Je craignais qu'un cadavre ne tombe à la renverse sur le sol.

— Celui de Richard ?

— Ou d'un autre, dit Crane. Quelle piètre enquête : on n'a même pas eu un cadavre à se mettre sous la dent. »

Ann dénicha un plateau et des grands verres dans le placard. « Moi, je trouve que c'est une enquête intéressante.

— Evidemment. » Crane secouait un bac à glace en caoutchouc, séparant les glaçons dans l'un des éviers. « J'ai vu comment tu faisais du gringue à Peter March.

— Et toi, tu minaudes devant Carmel. »

Il trouva de l'eau de Seltz, et ils revinrent au salon. Quand tout le monde fut servi, Simeon March fit :

« Crane, j'aimerais vous dire un mot en particulier.

— Oh non, papa, ce n'est pas le moment de parler affaires, dit Peter March. Il est plus de minuit.

— Nous n'en aurons pas pour longtemps », dit Simeon March.

Il entraîna Crane dans la bibliothèque. Celui-ci s'assit à ses côtés sur un canapé de cuir. « Vous savez pourquoi vous êtes là ? »

A l'exception des étroites fenêtres et d'une grande cheminée, les quatre murs de la bibliothèque étaient entièrement tapissés de livres. Presque tous étaient reliés de cuir et leur titre gravé en lettres d'or ; ils étaient assemblés et assortis selon les collections. Crane estima qu'ils avaient été achetés pour la décoration, et non pour être lus.

« J'en ai une idée approximative, dit-il.

— Alors, je n'ai pas besoin de vous raconter... »

Crane le coupa : « Au contraire, allez-y. » Il n'avait pas la moindre idée des tenants et aboutissants de cette affaire, et il se dit qu'il devait bluffer. « J'aimerais entendre la véritable histoire, dans tous ses détails.

— Bon. » Avec brusquerie, Simeon March extirpa deux cigares de l'une de ses poches. Son geste fut si violent, que Crane eut un mouvement de recul. « Un cigare ? proposa Simeon March.

— Non, merci.

— Vous ne fumez pas ?

— Si. Des cigarettes.

— C'est bon pour les femmes. »

Lorsqu'il fut enfin confortablement installé, Simeon March entama son récit. A mesure qu'il progressait, Crane sentait l'excitation le gagner. Si les faits vérifiaient les supputations du vieil homme, ça allait être une fameuse affaire.

Neuf mois plus tôt, en février, au petit matin, près du Country Club, à l'issue de la dernière danse, Richard March était découvert mort, au volant de sa voiture. Le coroner conclut à une mort par accident, due à une défectuosité du système de chauffage.

« C'était votre fils ? questionna Crane.

— Celui de mon défunt frère. Le fils de Joseph March. »

Puisque de toute évidence, Simeon March s'attendait à ce qu'il n'ignore pas qui était Joseph March, Crane opina de la tête, en homme bien renseigné.

« Le chauffage était réellement défectueux ? » demanda-t-il.

Une ombre de contrariété passa sur le visage tanné de Simeon March. « Je ne sais pas. Personne ne s'en est inquiété.

— Pourquoi ?

— Les gens ont accueilli sa disparition presque avec soulagement, sans chercher à approfondir les pourquoi et les comment.

— Il n'était pas populaire ?

— C'était un bon à rien.

— Il travaillait pour « March and Company » ?

— Oui et non. » Simeon March constata que son cigare était éteint. « Quelle saloperie ! » Il gratta l'allumette avec violence. « Richard était notre directeur commercial ». L'aspiration provoqua à l'intérieur du cigare un bruit de succion. « Mais je n'ai jamais entendu dire qu'il travaillait. »

Crane approuva. « Et puis… »

Simeon March aspira une longue bouffée de son cigare, et rejeta vigoureusement la fumée. « Alors, mon fils John est mort. »

La mort de John remontait seulement à un mois. Apparemment, il essayait de réparer le moteur de sa voiture, dans son garage personnel (« C'était un mécanicien hors-pair », précisa Simeon March) et avait été asphyxié par l'oxyde de carbone. On avait trouvé son corps étendu sur le sol. Le capot du moteur était ouvert et des outils posés sur le marche-pied. C'est Carmel March qui l'avait découvert.

« Son épouse ? demanda Crane.

— Oui. »

Crane songea que Carmel avait l'air joliment gaie pour un si récent veuvage. Certes, elle était en noir, mais son attitude...

Il rompit le cours de ses pensées pour demander : « Comment la porte a-t-elle pu se refermer ? Un mécanicien aguerri aurait dû savoir...

— Un vent très fort soufflait ce jour-là. On suppose qu'il a refermé la porte.

— Deux morts par asphyxie, grommela Crane. Drôle de coïncidence. Quelle a été la sentence du coroner ?

— Comme l'autre : mort accidentelle.

— Bon, il y a sans doute des morts accidentelles à cause d'une émanation de gaz... mais il y a aussi bien des suicides.

— John ne se serait pas suicidé.

— Et Richard ?

— Richard était ivre, quand il est mort. » Le ton de sa voix indiquait l'aversion que Simeon March éprouvait pour Richard. « Vous ne vous suicidez pas, lorsque vous êtes ivre.

— Ça ne m'est jamais venu à l'esprit », admit Crane. Il se frotta le bas de la nuque. « Avez-vous des preuves qu'il s'agisse effectivement de meurtres ?

— Croyez-vous que je vous aurais engagé, si j'en avais ?

— Mais il y a bien quelque chose qui vous a mis la puce à l'oreille ?

— Oui.

— Quoi ? »

Simeon March se leva, les mâchoires serrées. « Je préfère ne pas en parler. » Il mâchonna son cigare. « Je souhaite que vous meniez votre propre enquête. Si vous trouvez quelque chose, si vous aboutissez à une conclusion, je veux être informé. C'est tout.

— Bien. » Crane se leva à son tour. « Quelqu'un sait-il

que Miss Fortune et moi, sommes des détectives privés ?

— Non, personne.

— Même pas votre fils, Peter ?

— Même pas Peter. Et personne ne doit le savoir, comprenez-vous ? Voilà pourquoi je vous ai fait passer pour un employé de notre département publicité. Je veux que vous vous mêliez aux amis de John sans éveiller les soupçons.

— C'est une bonne méthode, dit Crane. A condition que j'arrive à rédiger des publicités pour les machines à laver.

— Si vous avez des problèmes, je m'arrangerai avec une agence new-yorkaise. On les écrira à votre place.

— Je m'en tirerai peut-être, dit Crane.

— La seule chose qui me gêne dans ce plan, c'est l'idée de l'agence de vous faire passer pour un homme marié.

— Le Colonel Black pense qu'un couple marié se fait plus facilement des relations.

— Certes. Mais, cela n'est-il pas susceptible de compromettre l'honneur de Miss Fortune ?

— Non. C'est comme emmener sa secrétaire pendant un voyage d'affaires, reprit Crane. Personne ne jase plus à ce sujet.

— Bon, c'est son problème. » Simeon March mâchouillait son cigare. « Quand pensez-vous obtenir les premiers résultats ? »

Crane haussa les épaules. « Difficile à dire. Il s'est déjà passé pas mal de temps.

— Faites de votre mieux.

— Comptez sur moi. »

Carmel March pénétra dans la pièce, sourit à Crane, et lui dit : « C'est un tyran, n'est-ce pas ? » Puis, s'adressant à Simeon March : « Père, je pars avec Peter.

— Très bien. »

Elle sourit de nouveau à Crane. « Bonne nuit.

— Bonne nuit. »

Elle était plus grande que Crane ne l'avait cru tout d'abord. Elle marchait à longues et gracieuses enjambées. Sa silhouette était très belle. Il la contempla jusqu'à ce qu'elle soit sortie. Elle exhalait un parfum de gardénia.

« Combien de temps John a-t-il été marié ? demanda-t-il à Simeon March.

— Six ans.

— Des enfants ?

— Non. » Le visage de Simeon March était impassible. « Aucun. »

Crane crut saisir un accent d'ironie très profonde dans le ton dont Simeon March prononça ce dernier mot. Il réfléchit un moment pour savoir s'il devait poser la question suivante, et décida que oui. De toute façon, le tour pris par la conversation la rendait nécessaire.

« Etaient-ils vraiment faits l'un pour l'autre ? »

Simeon March hocha négativement la tête. « Non. » Il se rendit à l'une des fenêtres et scruta la grande allée. « John était un garçon sérieux. Travailleur... » Sa voix s'altéra.

« Et Carmel ?

— Elle ne lui était d'aucune aide. Elle aimait sortir. Les soirées, la danse... »

Crane se rendit aussi à la fenêtre et se tint juste derrière March. « Et quand John ne lui donnait pas la permission de sortir, elle sortait quand même ? »

Le vieil homme ne répondit pas.

« Voyez-vous une raison valable de relier les deux morts entre elles, Monsieur March ? demanda Crane.

— Je ne peux pas dire.

— Vous ne pouvez pas, ou vous ne voulez pas ? »

Simeon March restait silencieux.

Des bribes de conversation leur parvenaient du parking. Peter March aidait Carmel à monter dans une décapotable verte, à pneus blancs. Elle riait. Ils l'entendirent s'exclamer : « Tu auras une bosse drôlement grosse, demain,

Peter. Je sais en reconnaître les symptômes.

— Je dirai que c'est toi qui me l'a faite, répondit Peter. Je raconterai à tout le monde que tu as pris une cuite carabinée, et que c'en est le résultat. »

Crane dit à Simeon March. « Vous devez quand même avoir une raison pour engager des détectives. Vous devez bien soupçonner quelqu'un.

— Oui.

— Qui ? »

Simeon March secoua la tête : « Je vous ai dit que je préférais ne pas en parler. Je ne veux pas... »

La voix de Carmel March était désormais tout à fait distincte : « Partons, Peter ; allons faire la bringue. »

Peter fit le tour de la voiture. « D'accord. » Il grimpa dans l'auto, puis gagna l'allée en marche arrière. Ils riaient tous les deux. La voiture disparut derrière une rangée d'ormes.

« John... et maintenant Peter ! » Simeon March scrutait l'allée déserte. Il se retourna brusquement vers Crane. « La voilà, votre meurtrière ! Passez-lui la corde autour du cou, Privé. Conduisez-la à la potence. » Sa voix était rauque, presque inaudible. « Je sens déjà le nœud se resserrer. »

3

Le petit déjeuner était servi par une négresse de forte corpulence, arrivée à sept heures trente, et qui s'était présentée sous le nom de Beulah. Elle était accompagnée d'une jeune fille, également noire, qui l'assistait dans les travaux ménagers.

Crane se sentait formidablement bien. Il n'avait pas eu son compte de sommeil, parce qu'avant de se coucher, il avait passé une heure en compagnie d'Ann Fortune à lui relater l'histoire des deux morts par asphyxie, et l'accusation lancée par Simeon March contre Carmel, mais ensuite il avait dormi à poings fermés, comme jamais auparavant. Entre les céréales et les œufs, il essayait d'assembler les fragments de papier déchirés par Peter March, et récupérés dans la corbeille du salon. Ann vint s'asseoir à la table.

« Tu es en veine ? »

Elle était, il devait l'admettre, le plus parfait exemple de ce que la nature pouvait créer en matière de blondes. Elle portait un pyjama d'intérieur bleu qui s'harmonisait bien avec le bronzage de sa peau et la couleur de ses yeux, turquoise ce matin-là.

« Pas tellement. » Il lui sourit. « Tu ne me donnes pas un baiser, en guise de bonjour? »

Elle avait décidé que non. Elle s'assit à la table, en face de lui, et attira vers elle plusieurs fragments de papier. Prestement, elle reconstitua deux factures d'alcools. Celles-ci dataient de juin et juillet, et l'importance de leurs montants indiquait que Richard March menait en permanence une noce effrénée.

Crane en assembla encore une, puis Ann tomba sur un

billet plus intéressant. Il était daté du 15 juillet. On pouvait lire ces mots, écris à l'encre violette, sur une demi-page de papier toilé :

CHÉRI,
Peux pas aller Brookfield, ce W.E. Affaires. Suspends livraison lait.

DELIA.

Crane était intrigué. « On dirait que Richard avait une liaison. »

Sur une seconde lettre, écrite aussi à l'encre violette, on lisait :

S. est élargi. Il a entendu parler de quelque chose, aussi sois prudent, si tu ne peux pas être raisonnable. Et j'espère que tu ne le peux pas.

DELIA.

« Ah ! » Crane but le restant de son café. « Des ennuis en perspective.

— C'est terriblement inquiétant. Bill, que signifie « élargi » ? fit Ann.

— Sorti de prison.

— Oh. »

Beulah apporta encore du café. « Tout va bien, Madame ? demanda-t-elle à Ann.

— Très bien, Beulah. »

Crane se pencha en arrière sur sa chaise, et poussa un soupir lugubre. « Je suppose qu'il est nécessaire que je me rende au bureau.

— Tu ne tentes rien à propos de Delia ?

— Je verrai si j'en entends parler.

— Je la trouverai, dit Ann.

— Si une Delia t'appelle au téléphone, c'est évident.

— Non, je la trouverai.

— Suis-je supposé rester à la maison, pendant que tu mènes l'enquête ?

— Non, je vais juste la retrouver. Je ne vois pas pour quelle raison je ne partirais pas à sa recherche.

— Aucune raison, sinon que les blondes n'ont pas de cervelle.

— On verra.

— D'accord, dit Crane. Mais je parie que je la retrouverai le premier.

— Une bouteille de champagne ?

— Oui.

— Pari tenu. »

Ils se serrèrent la main. La main d'Ann était douce et menue. « Comment vas-tu procéder ? lui demanda Crane.

— Ai-je une tête à divulguer les secrets de ma profession ?

— Fichtre ! » Il était interloqué. « Tu commences à parler comme un vrai détective.

— Je suis une détective, dit Ann. Ce n'est pas parce que tu ne voulais pas que je vienne...

— C'est que... tu étais la nièce du patron.

— Tu redoutais plutôt que je lui apprenne à quel point tu t'alcoolises.

— Non, mentit Crane. La vraie raison, c'est que je ne t'avais jamais vue en pyjama bleu. »

Rougissant malgré elle, Ann dit : « A propos des deux morts, que veux-tu que je tire de Carmel ? » Elle ne semblait pas fâchée. « Elle vient ici ce matin.

— Ah ! Je n'irai peut-être pas travailler, dit Crane.

— Tu iras travailler, ou j'appellerai la police, dit Ann. Alors, que veux-tu que je découvre ?

— Je ne sais pas. » Il regarda sa tasse de café ; elle était vide. « De quoi avez-vous parlé, Carmel et toi, pendant que j'étais avec le vieux ?

— Tu sais, les papotages habituels. » Ann sonna la domestique. « Comme la vie est ennuyeuse dans une petite ville de province... les bonnes adresses de magasins... le meilleur coiffeur... les endroits où sortir le soir...

— As-tu noté, au moins, les boîtes de nuit intéressantes ? » demanda Crane, avec enthousiasme.

Beulah entra dans la pièce et dit : « Oui, madame ? » Ann fit : « Un autre café pour M. Crane.

— Peter et Carmel semblaient l'un et l'autre extrêmement nerveux, poursuivit-elle.

— Ils semblaient aussi très attirés l'un par l'autre, dit Crane.

— Tu crois ? » répliqua-t-elle, glaciale, comme si l'idée ne lui plaisait pas.

« Lorsqu'une dame est sur le point de pleurer parce qu'un type est blessé, je me pose des questions. » Crane mit un morceau de sucre dans son café. « Tu remarqueras qu'elle ne s'est pas inquiétée de savoir si moi aussi j'étais blessé.

— Laisse-lui donc le temps. »

Crane éclata de rire, et dit : « Carmel me fiche les chocottes. Surtout avec les accusations du vieux. Je n'aimerais pas qu'elle m'emplisse les poumons d'oxyde de carbone.

— Bill, crois-tu *vraiment* que ce sont des assassins ?

— Carmel a un mobile valable. »

Les yeux verts d'Ann devinrent songeurs. « Elle ramasserait pas mal d'argent si elle liquidait toute la famille March.

— A peu de choses près, vingt millions de dollars.

— Avec cette somme, une fille pourrait facilement renouveler toute sa garde-robe. »

La matinée s'annonçait belle. Le soleil inondait de lumière l'allée en ciment, rendant étincelant le vert de la pelouse. L'air affairé, deux rouges-gorges cherchaient des insectes dans l'herbe.

« Naturellement, Peter a le même mobile que Carmel.

— Bien sûr, s'il reste seul en vie, il ramasse tout le

paquet.

— Mais je ne crois pas qu'il l'ait fait, dit Ann.

— Pourquoi ?

— Eh bien... il n'a pas l'air d'un assassin.

— Et tu prétends être détective, grogna Crane.

— Autant pour moi, fit Ann. Elle ajouta : Mais si c'est un suspect, c'est le tien.

— Non. Carmel est mon principal suspect.

— Ce sont tes suspects, l'un et l'autre. Je te les laisse.

— Bon, dit Crane. Mais que te reste-t-il ?

— Oh, je vais creuser de mon côté.

— Laisse tomber les comparses, l'avertit Crane. Ils n'en valent pas la peine.

— Si je veux, je peux épingler le truand.

— Tu pourrais... à condition qu'il ne soit pas un ami de Peter.

— Comment pourrait-il être un ami de Peter ? Il l'a frappé au visage, non ?

— Je sais, dit Crane. Mais crois-tu que Peter se serait jeté sur lui, s'il n'avait pas été sûr que l'homme ne tirerait pas ? » Il éteignit sa cigarette. « Tu ne m'as pas vu lui foncer dessus, pas vrai ?

— Non, je ne t'ai pas vu.

— Ne prends pas ça mal.

— Je ne le prends pas mal. J'ai seulement dit : « Non, je ne t'ai pas vu. »

— Je ne serais pas surpris, ajouta Crane, que ce type ait fait le guet pour le compte de Peter.

— Non, dit Ann. Le bandit l'a appelé March. Tu te souviens ?

— Oui, et alors...

— Il ne l'aurait pas appelé par son nom, s'ils avaient été de mèche. Il aurait agi comme s'il ne le connaissait pas.

— Eh, les blondes sont peut-être futées, après tout.

— Tu verras que c'est toi qui paieras le champagne, dit Ann.

— Non, toi », reprit Crane péremptoire.

On sonna à la porte d'entrée, et Beulah annonça Peter March.

« Comment va votre blessure ? s'enquit Ann.

— Bien, dit Peter.

— Vous avez été joliment courageux.

— A vrai dire, non ! » March baissa les yeux. « J'ai perdu la tête à l'idée de la disparition de ces lettres. »

Pour l'œil exercé de Crane, il était à peu près certain que Peter n'avait pas fait la bringue avec Carmel. Son visage était rasé de près, et ses joues avaient des couleurs. A la lumière du jour, ses sourcils noirs et raides paraissaient moins proéminents. Un sourire éclairait son visage.

« Avez-vous des nouvelles du type d'hier soir ? » demanda Crane.

March lui jeta un regard courroucé. « Pourquoi ? »

Crane prit un air innocent : « Vous ne nous aviez pas parlé de chantage, la nuit dernière ?

— J'étais énervé. » Le visage de Peter March se détendit. « Je ne pense plus que ces lettres soient si dangereuses. »

Crane voulait lui demander pourquoi alors le gangster semblait si pressé de les emporter, mais il préféra ne pas insister.

« J'espère que ce type ne reviendra pas », conclut-il.

Peter March sourit à Ann. « Vous n'avez pas eu peur, n'est-ce pas ? » Il était vraiment beau garçon, lorsqu'il souriait.

« Si », dit Ann.

Il la regardait, admiratif. « Vous ne paraissiez pas du tout avoir peur. »

Nom de Dieu, pensa Crane. Qu'est-ce que c'est que ce flirt ? Le fils du riche patron et la femme de son employé. Décidément, même si Ann n'était pas vraiment sa femme, il n'aimait pas Peter.

« J'étais effrayée, en fait, dit Ann.

— Je ne vous crois pas », dit Peter. Il plongea son regard dans celui d'Ann : « Je suis sûr que désormais il n'y aura plus d'hommes armés. » Puis il se retourna vers Crane : « Voulez-vous profiter de ma voiture, pour aller à votre bureau ? »

4

Le pendule noire et argent, posée sur son superbe bureau d'acajou, marquait quinze heures trente, quand William Crane appuya sur la sonnette pour appeler Mademoiselle Kirby, sa secrétaire. Elle entra dans la pièce et attendit devant son bureau, un bloc sténo à la main.

« Mademoiselle Kirby, j'ai une hallucination », dit Crane.

Une expression alarmée se peignit sur le visage maigre de Mademoiselle Kirby. « Oui, Monsieur », dit-elle, restant sur ses gardes. C'était une vieille fille d'âge mûr, au teint pâle, qui portait des lunettes à monture de corne, et avait pour coiffure un imposant chignon.

« J'ai une vision fantastique de réfrigérateurs, de machines à laver, de machines à laver, de réfrigérateurs, de machines à laver, dit Crane. Des milliers, Mademoiselle Kirby, des millions même. »

Mademoiselle Kirby sembla réfréner une envie de se sauver de la pièce à toutes jambes.

« Ils étincellent, Mademoiselle Kirby. Ils ne se terniront pas, ils ne perdront pas leur lustre. Ils habillent la cuisine, transforment le sous-sol en un endroit aussi gai que le salon. »

Croyant qu'il s'agissait là d'une manifestation du génie publicitaire, Mademoiselle Kirby commença à prendre des notes.

« Mademoiselle Kirby, où donc un homme dans ma position pourrait-il se rendre maintenant ? »

Le visage de Mademoiselle Kirby perdit un peu de son expression inquiète.

« Eh bien, Monsieur Richard March avait l'habitude de se rendre au bar du Morgan House, l'après-midi, à peu près à cette heure-là. *Il* disait toujours que les machines à laver *lui* donnaient des renvois. »

Crane la regarda fixement. « M. Richard March revenait-il ensuite à son bureau ?

— Non, monsieur. »

Crane attrapa son manteau et son chapeau. « Merci. »

Mademoiselle Kirby sortit du bureau après lui. Elle s'arrêta auprès de Mademoiselle Anselman, la secrétaire de l'adjoint du directeur du service de la production, et lui confia qu'elle pensait que M. Crane n'était pas à la hauteur.

« Il ne paraît pas très sérieux », fit-elle.

Le bar du Morgan House, c'était un peu comme rentrer chez soi après une longue visite à des étrangers. C'était tranquille, la lumière était tamisée, et il planait dans l'air comme une odeur de tilleul. Il s'assit dans un confortable fauteuil de cuir rouge, s'accouda à une table vernie, également rouge.

Il commanda un double whisky-soda. Au bout d'un moment, un homme entra dans le bar et s'approcha de sa table.

« Vous ne vous souvenez sans doute pas de moi, dit-il. Je suis le Docteur Woodrin. Nous nous sommes rencontrés à un déjeuner, au Club.

— Bien sûr, dit Crane. Asseyez-vous, Docteur. Vous prenez un verre ? »

Le docteur commanda une bière. C'était un homme plein de santé, avec un visage rond, rose et blanc, et des yeux d'un bleu très clair. Son teint était si frais qu'on lui donnait quarante ans, mais Crane était persuadé qu'il en avait bien cinq de plus.

« Lorsque j'ai terminé à l'hôpital, je viens ici boire une bière, expliqua le Docteur Woodrin. Et je cherche généralement quelqu'un avec qui faire la conversation.

— Selon ma secrétaire, c'était ici, tous les après-midi, le quartier général de Richard March, dit Crane.

— Il avait aussi pris l'habitude d'y venir le matin.

— Excellente idée » fit Crane.

Crane ayant commandé un autre whisky-soda, ils bavardèrent. Ils parlèrent de Marchton. Le Docteur Woodrin lui révéla qu'il habitait la ville depuis quinze ans. Auparavant, il avait été médecin-chef pour l'International Oil Company, au Texas et en Oklahoma. Il avait décroché un diplôme de chirurgie, à Chicago, et il était désormais chirurgien en chef à l'hôpital de Marchton.

« C'est une bonne situation, dit-il. Mais guère lucrative. »

Crane, après quelques minutes, détourna la conversation sur Richard March. Il raconta au médecin qu'il habitait la maison de Richard March, et s'étonna du raffinement avec lequel elle avait été décorée.

« Alice March, dit le Docteur Woodrin. Vous comprendrez lorsque vous la verrez. Elle s'habille aussi avec goût.

— Elle a divorcé ?

— Ils ont divorcé. Plutôt une sorte de séparation. » Il but une dernière gorgée de bière. « Elle n'a pas eu de pension alimentaire, mais elle a obtenu le divorce. Je pense que l'avocat de Dick, le vieux Juge Dornbush était trop fort pour l'avocat d'Alice, Talmadge March.

— Qui est Talmadge March ?

— Le frère cadet de Richard. » Le docteur regarda Crane à travers son verre. « Leur histoire ressemble à ces pièces de théâtre grec que nous avons étudiées à l'Université. »

Crane le crut volontiers. De toutes façons, ça n'était pas banal. Alice avait été la fiancée de Talmadge ; ils étaient sur le point de se marier quand elle fit la rencontre du beau Richard. Le docteur supposait que, de la part de Richard, c'était plutôt une course au mariage, l'envie d'être propriétaire d'une femme, qu'un véritable amour ; en outre, les deux frères s'étaient toujours haïs.

A Marchton, les commérages allèrent bon train à propos de « l'enlèvement » ; ils se firent plus rares lorsqu'Alice quitta Richard cinq ans plus tard ; ils reprirent de plus belle lorsqu'on sut que Talmadge était l'avocat de la jeune femme dans sa procédure de divorce. Les cancans atteignirent leur apogée quand, cinq mois avant la mort de Richard, le divorce fut prononcé ; sans pension alimentaire ni dédommagement d'aucune sorte en faveur d'Alice. La ville entière se demanda quelle preuve Richard pouvait bien avoir en réserve contre sa femme. Elle devait être flagrante ; car Alice en détenait plusieurs contre lui. Tout le monde considéra que Talmadge avait été lamentable comme avocat ; mais on pensa aussi qu'il était encore amoureux d'Alice.

« Finalement, Talmadge a triomphé, dit Crane.

— Non. Richard s'en fichait. Il en avait fini avec elle. »

Crane apprit que Talmadge March se tenait en dehors des affaires de la famille March. Il avait refusé de travailler pour la Compagnie, et avait ouvert son propre cabinet d'avocat. Il n'avait que médiocrement réussi, mais, ajouta le docteur, il touchait un important revenu des parts de la Compagnie léguées par son père. Cette rente avait encore augmenté depuis la mort de Richard.

« C'est une mort curieuse, dit Crane. La mort de Richard.

— Oui, acquiesça le Docteur Woodrin. J'y ai souvent repensé. Vous savez que j'étais là, lorsqu'on l'a trouvé !

— Vous étiez là ?

— Je vais tout vous raconter. » Le docteur fit signe du doigt au garçon. « La même chose, Charley.

— C'est ma tournée », dit Crane.

Le docteur Woodrin hocha la tête. « Cela s'est passé au début de février, par une de ces nuits où l'air est sec et sain, commença-t-il. Il faisait froid, mais il y avait un croissant de lune. Nous avions décidé de faire une promenade en voiture, après la dernière danse, au Country Club. »

Il était sorti du club, poursuivit-il, en compagnie de John et Carmel March, de Peter March, d'Alice et de Talmadge, au moment même où l'orchestre exécutait « Home, sweet home ». L'orchestre avait été exécrable, et ils n'étaient pas fâchés que la soirée soit terminée. Alice, qui était montée devant avec Peter, cria par-dessus son épaule : « Dick doit s'être trouvé mal. »

Ils avaient découvert Richard affalé sur le volant de sa limousine, la tête dans les bras ; un nuage de vapeur blême s'échappait du marchepied gauche. Au clair de la lune, le gaz prenait la couleur du lait, continua le Docteur Woodrin. On aurait dit de la brume flottant sur un marécage.

Carmel avait crié à Peter, qui était devant elle : « Le moteur tourne ».

Peter avait atteint la limousine, ouvert la portière du conducteur, secoué Richard par les épaules. « Allons, mon vieux », avait-il dit. « C'est l'heure de rentrer. » Il l'avait secoué une nouvelle fois, avec plus de violence, et avait crié : « Dick ! ». »

Charley, le serveur, déposa sur la table la bière et le double whisky-soda ; il empocha le pourboire. « Merci, dit Crane.

— Peter semblait effrayé, et je courus le rejoindre » reprit le Docteur Woodrin.

Ils tirèrent Richard hors de la voiture, l'étendirent sur le sol. Le docteur, ayant arraché le rétroviseur d'aile, l'approcha de ses lèvres. Pas de buée !

« Je savais qu'il était mort, mais j'ai quand même envoyé quelqu'un téléphoner pour demander une ambulance, conclut le Docteur Woodrin. On l'examina à l'hôpital ; il était mort depuis un certain temps déjà.

— Qui était mort ? » interrogea une voix de femme.

Sursautant, Crane se retourna et croisa les yeux noirs de

Carmel. Elle souriait. Elle était vêtue d'un tailleur gris, garni de renard bleu, coupé d'une manière très ajustée pour mettre en relief le galbe de ses hanches et la beauté de sa gorge, et rembourré aux épaules, ce qui lui donnait une prestance quasi-militaire. Une vraie femme Cosaque.

« Qui était mort ? » répéta-t-elle.

Une homme et une femme se tenaient derrière elle. Crane sut immédiatement que la femme était Alice March. Elle était blonde et potelée ; un sourire très doux éclairait son visage en permanence, presque comme s'il y avait été peint. Couverte de bijoux, elle portait une fourrure en renard argenté et un grand chapeau orné de fleurs bleues artificielles.

« Salut, vous trois, dit le Docteur Woodrin. Vous vous joignez à nous ? »

C'était bien Alice March. L'homme à ses côtés, de taille moyenne, au visage ennuyé et aux manières languides, était Talmadge March. « Comment va ? » fit-il à Crane. Il ne lui tendit pas la main.

Répondant favorablement à la proposition de Crane, ils commandèrent des martinis. Crane reprit un autre double whisky-soda.

Carmel s'assit près de Crane : « Pour la dernière fois, qui était mort ?

— Je parlais à M. Crane du précédent occupant de sa maison.

— Le regretté Richard ? » s'enquit Talmadge.

Crane estima qu'en présence de la veuve (et même s'il s'agissait d'une veuve divorcée), cette attitude légèrement méprisante n'était pas convenable ; mais Alice souriait toujours. Elle semblait à l'aise.

« Que racontiez-vous sur Richard ? demanda Carmel.

— Juste le récit habituel de sa mort, répondit le Docteur Woodrin.

— J'espère que notre Galien local vous a fait part du mystère qui l'entourait », dit Talmadge d'une voix traînante. Il souriait malicieusement.

« Non, dit Crane. Il y a vraiment un mystère ?

— Une femme. » Les yeux amusés de Talmadge s'étaient portés sur Carmel. « Une femme, de toute évidence.

— Bon Dieu ! dit le Docteur Woodrin. Il y a longtemps que ce mystère-là est enterré.

— Vous croyez ? » Talmadge sirotait son martini. « Je n'en suis pas si sûr.

— Il fait allusion aux traces de rouge à lèvres sur le visage de Richard, précisa le Docteur Woodrin.

— Des traces récentes, confirma Talmadge. Naturellement, on a beaucoup spéculé sur l'identité de la femme. »

Alice March dit, d'une voix douce : « Le choix se limite à deux ou trois, je crois.

— Et tu en es exclue, ma chère », fit Carmel.

Crane eut l'impression que les deux femmes ne s'aimaient pas beaucoup.

« Les traces étaient vertes, reprit le Docteur Woodrin. Je ne connais personnellement aucune femme employant du rouge à lèvres de cette couleur.

— Je les ai vues. » Talmadge avait un sourire moqueur. « La lune peut jouer un tour étrange aux couleurs. » Il regarda fixement Carmel. « Mais la dame au rouge à lèvres vert n'est jamais réapparue.

— Elle n'a jamais expliqué ce qu'elle faisait là, dit tristement le docteur.

— Bon sang, dit Crane. Elle embrassait Richard, tout simplement.

— Excellente déduction, ironisa Talmadge.

— Le baiser de la mort, reprit Crane. Voilà ce qu'elle lui a donné. » Il aimait prononcer cette phrase. « Le baiser de la mort. »

Les yeux de Carmel, soudain noir de jais, l'examinèrent pendant une demi-seconde. Il lui sourit bêtement. Elle a peur de quelque chose, songea-t-il.

« Il y avait un autre indice, révéla Talmadge.

— Comment en savez-vous tant sur cette affaire ? demanda le Docteur Woodrin.

— J'étais là, et j'avais des yeux... et un nez.

— Un nez ? » Crane était interloqué.

« Il y avait du parfum sur le manteau de Richard. » Le ton de la voix de Talmadge était si affecté qu'il en devenait efféminé. « Je m'en suis rendu compte lorsque j'ai aidé à le transporter dans l'ambulance — j'ai donné un coup de main, vous vous en souvenez, Woodrin ? »

Woodrin acquiesça d'un signe de tête.

« Quelle était cette odeur ? demanda Crane.

— Le parfum du gardénia.

— C'est encore une de tes inventions, Tam », dit Carmel, glaciale.

— Crois-tu, chérie ? »

Le visage de Carmel avait pris la teinte délicate d'un masque de danseuse. « Tu t'abandonnes à ton imagination d'avocat, Tam. » Son visage ne changea pas d'expression pendant qu'elle disait cela.

« Dans ce cas, rétorqua Talmadge, pourquoi as-tu renoncé à te parfumer au gardénia, depuis la mort de Richard ? »

Ça y est, songea Crane. Tout est en place pour l'explosion. Il se demanda pourquoi Simeon March ne lui avait pas signalé l'épisode du gardénia. Il surveillait Carmel du coin de l'œil, s'attendant à une éruption de colère, mais rien ne vint.

Elle rit, franchement amusée. « Quel bon détective tu fais ! » Elle se pencha vers Crane, nichant sa tête dans le creux de son épaule. « Quelle odeur sentez-vous, M. Crane ? »

Crane inspira profondément et dit galamment : « Je sens Nassau en mai.

— Non, dit-elle.

— Je sens les monts Sabins après une pluie d'avril. Je sens les jardins flottants de Xochimilco. Je sens les cerisiers en fleurs du Japon. Je sens un bain très chaud embaumant une odeur de sels anglais. »

Tout le monde éclata de rire, sauf Carmel qui dit :

« Non, soyez plus précis.

— Je sens l'odeur du gardénia. »

Talmadge ne paraissait pas embarrassé. « J'ai réussi à te soutirer des aveux, Carmel. » Il lui souriait par-dessus son martini. « Un truc d'avocat.

— C'est vraiment de mauvais goût. » Carmel restait serrée contre Crane. « ... Si *c'est* une plaisanterie. »

Le docteur Woodrin alluma sa pipe : « Vous avez un sens de l'humour plutôt macabre, Tam. »

Talmadge observait Carmel. « Peut-être en effet, est-ce un brin trop macabre. » Croisant son regard furieux, il détourna les yeux : « Excuse-moi. »

De nouveau, Crane sentit de l'orage dans l'air. Il demanda : « Quelle importance, que l'on sache ou non qui était dans la voiture avant la mort de Richard ?

— Curiosité malsaine d'une petite ville de province, dit Carmel avec amertume.

— Je suis vraiment désolé, Carmel », fit Talmadge.

Le bar se remplissait petit à petit, et des hommes et des femmes, vêtus avec autant d'élégance qu'à New York, les habitués des cocktails mondains, faisaient une brève halte devant leur table.

L'enquête lui procurait une agréable sensation de chaleur. Il aimait le petit creux de la clavicule sur l'épaule nue de Carmel, qu'il trouvait très érotique, la douce agressivité d'Alice, le nom de Talmadge March. Il eut une pensée désolée pour Ann Fortune restée à la maison. Il adorait surtout l'idée que sa note de frais soit illimitée.

Il espérait même ne pas résoudre trop facilement l'affaire. Il se demanda s'il n'était pas un petit peu ivre.

« Un autre verre ? » suggéra-t-il.

Tous étaient d'accord pour un autre verre. Alors que Charley enlevait les verres vides, la conversation bifurqua sur la chasse aux canards. La saison était ouverte depuis quinze jours, mais il y avait très peu d'oiseaux. Ils espéraient cependant que le temps froid les ferait revenir pour dimanche. Talmadge proposa à Crane de venir chasser avec eux ; il lui répondit que Peter March l'avait déjà invité.

« Peter est un excellent fusil, d'ordinaire », dit le Docteur Woodrin.

Pour la première fois, Talmadge parla sans aucune affectation. « C'est un tireur remarquable. »

Crane apprit que les berges de la rivière où les March chassaient avec leurs amis, avaient été acquises par leur arrière-grand-père, émigré de la Nouvelle-Angleterre en 1823. Il avait cultivé les terres, et il était mort là. Son testament spécifiait que le terrain devait rester dans la famille jusqu'au jour où il n'y aurait plus de descendant mâle direct. Alors seulement, il pourrait être vendu.

« L'idée du vieux Jonathan March, expliqua Talmadge, était de pourvoir la famille d'une sorte de capital foncier, d'un endroit où panser ses plaies, si l'on était meurtri par le monde extérieur.

— Il n'imaginait pas que ses petits-fils saigneraient ce monde d'environ vingt millions de dollars, fit le Docteur Woodrin.

— C'était une belle idée, dit Crane. Combien vaut cette terre, aujourd'hui ?

— Cinq mille dollars, dit Talmadge.

— C'est une coquette somme pour un bout de terrain où l'on ne fait plus que chasser le canard, dit Woodrin.

— Nous ne le vendrions pas, même si nous le pouvions, reprit Talmadge. En outre, le docteur ne nous le permettrait pas. Il a été nommé administrateur de la Succession Jonathan March.

— C'est un boulot plein de responsabilités, dit Carmel en souriant. Administrer une succession de cinq mille dollars.

— Je ne cracherais pas sur cinq mille dollars », conclut le docteur Woodrin.

Charley apporta les consommations. Crane constata avec surprise qu'Alice March s'adonnait désormais au pastis. Ayant eu lui-même une expérience malheureuse avec ce succédané de l'absinthe, il tirait son chapeau à ceux qui parvenaient à le boire.

Inclinant son verre pour verser sa bière, le Docteur Woodrin demanda : « Quelle sorte de tireur êtes-vous, Crane ?

— Je suis très bon à la mitraillette. »

Carmel éclata de rire. Elle semblait — sans doute à cause des martinis — avoir retrouvé sa gaieté. « Je ne peux pas croire qu'il y ait un as de la mitraillette dans la bonne société de Marchton. »

Alice March lampa la moitié de son pastis, aussi sereine que ces « mamas » plantureuses sur les toiles des maîtres italiens de l'ancien temps. Admirant son stoïcisme, Crane but son double whisky.

« L'arme qui *me* réussit le mieux est un automatique à crosse de nacre », dit Carmel.

« C'est bien pour le tir de près, fit Crane. Rien de tel pour le corps à corps avec un canard.

— Carmel est très célèbre pour son tir de près », dit Alice March.

Un groom, dont l'uniforme marron arborait deux rangées de boutons dorés, s'arrêta près de leur table.

« M. Crane ?

— C'est moi, je crois, fit Crane.

— Téléphone, dit le groom.

— Quel téléphone ?

— Pour vous, Monsieur.

— Pour moi ? Un téléphone ? Quel genre de téléphone ?

— Un coup de téléphone, Monsieur.

— Oh, comme c'est ennuyeux ! » Il se leva, fit une révérence. « Je vous prie de m'excuser. » Il suivit le groom.

Il entendit Talmadge dire : « Il en tient une sacrée, à mon avis », le Docteur Woodrin ajouter : « A côté de lui, Richard était un abstinent », et Carmel conclure : « Je l'aime bien ».

Il n'était pas fâché de les avoir mystifiés, de leur avoir fait croire qu'il était réellement ivre. Il pouffa en évoquant intérieurement son astuce, bouscula un homme et dit : « Mille pardons ». Il interprétait son rôle avec une telle vérité qu'il ne s'en départit pas dans la cabine téléphonique.

« Crane et Compagnie, nouveautés, colifichets, lingerie féminine », lança-t-il dans l'appareil.

C'était Ann Fortune. « J'en étais sûre, fit-elle.

— Je n'y peux rien, dit-il. J'ai été complètement imbibé d'alcool par une Dame Russe.

— Je l'aurais parié.

— Et par un homme nommé Talmadge March. Il va saisir notre maison grevée d'hypothèques.

— J'ai retrouvé la trace de Delia, dit Ann.

— Inflexible, ce Talmadge March, dit Crane.

— J'ai retrouvé la trace de Delia, répéta Ann.

— Hein ? Delia ? Oh, Delia ? Comment ?

— Déduction élémentaire. »

Crane gémit : « S'il te plaît, ne te prends pas pour Philo Vance. Bientôt, tu vas lâcher tes *G-men*.

— Si tu rentres, je te conduirai à la maison de Brookfield.

— Avec quelle voiture ?

— Peter March nous en a prêté une.

— Prêté ? reprit Crane mécontent. Je suppose que tu as fait la bringue avec lui cet après-midi ?

— Quoi ? Oui, bien sûr.

— Pourquoi n'est-il pas à son travail ? demanda-t-il. Pourquoi vient-il se baguenauder autour de notre petit pigeonnier, pendant que je me les gèle, caréné de glaçon en glaçon.

— Ne t'emmêles-tu pas un peu dans tes métaphores ?

— A quoi bon une métaphore, si elle n'est pas incohérente ? »

Elle ne répondit pas, et Crane considéra le téléphone, mélancolique. « Bon, je crois que je vais décamper. Je suppose que tu m'as appelé au bureau, et que tu as informé tout le monde de mon absence injustifiée.

— Je n'ai pas appelé ton bureau, dit Ann.

— Alors, comment as-tu... ?

— J'ai simplement demandé à la standardiste d'appeler le meilleur bar de la ville. »

5

Ce matin-là, après avoir causé du dîner avec Beulah, Ann Fortune revêtit un manteau de caracul noir, fit un raccord de rouge à lèvres, et héla un taxi.

« A la laiterie la plus proche », cria-t-elle au chauffeur.

C'était sa première opération comme détective privé, et elle se sentait quelque peu excitée. Elle se demandait si la piste qu'elle suivait allait la mener à l'une de ces situations qu'elle avait si souvent vues dans les films de William Powell et Myrna Loy : peut-être bien même à un appartement avec terrasse et à un bandit aux manières doucereuses des griffes duquel elle serait arrachée, au moment crucial, grâce à l'intervention de Bill Crane.

Le seul ennui, c'est qu'elle était intimement convaincue de ne pas pouvoir compter sur l'intervention in-extremis de Bill Crane ; il s'arrêterait très probablement en chemin pour boire un verre, et arriverait trop tard.

Ce n'est pas qu'elle n'aimait pas Bill Crane, mais il donnait trop l'impression de ne rien prendre au sérieux. Regardons l'affaire sur laquelle ils travaillaient tous les deux : Richard et John March étaient morts asphyxiés, et Simeon March accusait Carmel, sa bru, de les avoir assassinés. C'était une affaire sérieuse ! Mais Bill, apparemment, ne s'en préoccupait guère. Il agissait comme s'ils étaient à l'une de ces parties de campagne, très caractéristiques de Long Island, où il avait coutume de l'emmener, lorsqu'il était en congé. Il agissait…

« Ici, Mademoiselle ? » demanda le chauffeur.

La laiterie Prima. Elle eut un sourire fugitif en apercevant l'immeuble blanc et massif. Certainement pas le genre d'endroit où Myrna Loy accepterait de jouer les détectives !

De toutes façons, il lui *fallait* dénicher quelque chose. Son sourire troubla le jeune employé qui prenait les commandes de lait et de crème. Il reprit suffisamment possession de ses moyens pour la renseigner : dans le comté de Marchton, la laiterie avait le monopole de la distribution, pour Brookfield et Blue Lake.

Le mot de Delia enjoignant à Richard d'annuler la livraison de lait avait sans doute été rédigé le second été précédant sa mort, en février. Ann demanda à l'employé s'il pouvait retrouver la trace d'une commande de lait d'une personne de Brookfield, qui aurait été annulée, le temps d'un week-end, vers la mi-juillet.

L'employé découvrit une annulation opérée un samedi, l'avant dernier été, le 19 juillet exactement, à la requête de Raymond Maxwell, 12 February Lane, Brookfield.

A la lettre *M*, dans le livre de comptes, il releva que la maison située February Lane appartenait à Charles G. Jameson, agent immobilier. Les factures avaient été payées par mandats postaux, mais il y avait une lettre de Mrs Maxwell, sollicitant l'ouverture du compte. Le cœur d'Ann se mit à battre violemment, lorsqu'elle entr'aperçut l'encre violette et le délié de l'écriture de Delia.

La route de Brookfield était argileuse. Les rideaux d'arbres qui la bordaient de part et d'autre étaient si serrés qu'ils avaient l'impression de rouler sous un long tunnel. Crane ruminait le sermon qu'il venait d'entendre sur les méfaits de l'alcool ingurgité à haute dose. Un chaud soleil d'après-midi dardait ses rayons safran à travers les ormes, les chênes et les érables, illuminant des grappes de feuilles de diverses couleurs. Il y avait dans l'air une odeur de fumée.

Crane était forcé de l'admettre ; Ann avait fait de l'excellent travail en remontant la piste de Delia à partir de la laiterie. « Je crois que je te dois une bouteille de lait, dit-il.

— De champagne, le reprit Ann.

— Exact. Quel champagne préfères-tu ?

— Demi-sec, en magnum.

— Adjugé ! fit-il et il ajouta : Comme ça, je te verrai peut-être enfin boire sec. »

Sur ce mauvais jeu de mots, il se sentit tout ragaillardi, et il lui répéta ce qu'il avait entendu au bar.

Il relata la découverte du corps de Richard, le rouge à lèvres sur son visage, l'odeur de gardénia sur son manteau. Ils se demandèrent pourquoi Talmadge March avait essayé de piéger Carmel. C'était peut-être là sa conception de la plaisanterie ?

« Je commence à penser que Richard avait une liaison avec Carmel, dit Crane.

— En plus de Delia ?

— Richard avait du tempérament.

— Tu crois Carmel capable de tromper son mari avec un cousin germain ?

— Je ne sais pas, fit Crane. Regarde Peter. Elle est aussi très amie avec lui.

— Cet après-midi, Peter m'a avoué qu'il voulait récupérer les lettres de Richard pour sauvegarder l'honneur d'une dame. Il ne me l'a pas dit expressément, mais j'ai compris que c'était Carmel, et que les lettres avaient de l'importance. » Ann lui jeta un bref coup d'œil. « Alors, ça m'a donné une idée.

— Tu es formidable, dit Crane.

— Sois un peu sérieux. Si Carmel était ta femme et avait une liaison avec Richard, que ferais-tu ?

— Je la bouclerais à double tour, dans le coffre à charbon.

— S'il te plaît, sois sérieux.

— Je serais furieux contre Richard.

— Exactement.

— Mon Dieu ! » Crane eut un mouvement imperceptible des paupières. « Tu ne penses pas que John se soit suicidé ?

— Il pourrait très bien avoir découvert Carmel dans l'auto de Richard (ce qui explique l'odeur de gardénia), expédié celle-ci au Club, et tué Richard.

— Comment ? »

Ann sourit : « C'est tout ce que j'ai trouvé.

— J'ai ma petite idée. » Crane alluma une cigarette et la glissa entre ses lèvres. « Je te la dirai, si tu n'es plus fâchée contre moi.

— Je n'ai jamais été fâchée contre toi.

— Non ?

— Je voudrais seulement que tu ne boives pas tant. »

Crane s'apprêtait à lui expliquer qu'il faisait croire aux autres qu'il était un ivrogne pour les berner plus facilement, mais à ce moment précis il lui sembla difficile de la convaincre qu'il était sobre.

« Bon, je ne boirai plus, dit-il. Voici mon idée. »

Il reconstitua le meurtre (si c'était bien un meurtre). Richard, dit-il, s'était évanoui. John — ou un autre — avait attaché un tuyau de caoutchouc au pot d'échappement de sa voiture, coincé l'autre bout dans la vitre entrouverte et fait démarrer le moteur. Richard mort, il lui avait suffi de retirer le tuyau.

« C'est très ingénieux », reconnut Ann.

Le chemin débouchait sur une route goudronnée. Ann tourna à gauche et accéléra. Le soleil, au-dessus de leurs têtes, se réduisait à une fine arête ; l'air était plus froid. Une légère brume, tel un voile de mousseline, recouvrait les alentours.

Crane fronça les sourcils. « Seulement voilà, je n'ai pas vu qui a tué John », admit-il.

Ann passa sa cigarette par la vitre de la portière pour que le vent en détache la cendre. « John s'est suicidé. Remords. »

Crane admira son visage souriant avec un certain respect. « Ainsi, l'affaire est classée. » Il tira sur lui son pardessus en poil de chameau marron. « Mais le vieil homme est convaincu que Carmel est la meurtrière.

« Ça se défend », dit Ann.

Crane eut une autre idée. « Carmel signait peut-être Delia les billets qu'elle envoyait à Richard.

— Non. Son écriture est différente.

— Tu t'es drôlement démenée, dis donc ?

— Il fallait bien que l'un de nous deux travaille. »

Crane se retrancha dans un mutisme rageur. Ann commençait à l'agacer. Ce serait très désagréable si elle résolvait l'énigme toute seule. Il ne s'en remettrait jamais. Il éprouvait la sensation atroce qu'il allait devoir travailler.

« J'ai besoin d'un verre », dit-il. Et comme Ann le regardait de travers, il ajouta : « de thé très chaud ».

Pour le moment, il constata qu'ils entraient dans Brookfield. La rue principale du village était formée de deux voies séparées par une rangée d'arbustes. Le style des magasins avait certainement été influencé par l'Angleterre des Tudors. Leurs poutres apparentes sombres et leurs murs de briques rouges tranchaient avec les trottoirs réguliers et les pelouses à la française. Un bâtiment de plain-pied présentait deux vitrines : l'une au nom de Daphne Grey, esthéticienne ; l'autre à celui de Charles G. Jameson, agent immobilier.

Ann gara la voiture à l'angle de la rue, en bordure du trottoir. Pénétrant dans un bureau, ils tombèrent sur un vieillard en chaussons, qui bricolait un poste de radio. Il portait un veston, un pantalon, une chemise boutonnée au col, mais pas de cravate.

« V'savez réparer ça ? » demanda-t-il.

Crane répondit que non. Il montra au vieillard une carte de la « Compagnie Américaine d'Assurance », lui indiqua qu'il était un enquêteur, et le questionna sur les Maxwell. Le vieux ne savait pas grand'chose.

« Je me rappelle qu'ils ont payé d'avance à Chuck deux

années de loyer, dit-il d'une voix fluette.

— Le bail n'est donc pas expiré ? reprit Ann.

— Non, m'dame. Le terme échoit en mai. » Il fixa Crane avec curiosité : « Sur quoi qu'vous enquêtez, la mort de M. Maxwell ?

— Comment savez-vous qu'il est mort ? fit Crane.

— La maison n'a pas été utilisée c't'été. En outre, un autre type est v'nu nous poser des questions en janvier dernier. Alors j'en ai déduit qu'il était mort. »

Crane et Ann échangèrent un bref regard. Ils pensaient tous deux que Richard était mort peu après le passage de l'inconnu, en février.

« Que voulait savoir ce type ? » dit Crane.

Le regard du vieux brilla d'un éclat rusé, comme s'il souhaitait partager un secret avec Crane. « Voulait savoir à quoi ressemblait Mme Maxwell.

— Et vous lui avez dit ?

— Impossible. Moi et Chuck, on l'a jamais vue.

— Voulait-il savoir autre chose ? »

Le vieillard étouffa un petit rire. « Voulait savoir combien qu'ils louaient la maison, dit-il d'une voix tremblotante.

— Combien ? »

Le vieux posa sur Crane son regard madré de conspirateur. « C'est ça qu'était bizarre. Ils ont payé une belle somme pour la location de la maison. » Il regarda ses chaussons. « Et ils n'y passaient que les week-ends. »

Crane lui demanda s'il avait vu Maxwell. Oui, répondit-il. Il pensait d'ailleurs que c'était un faux nom, mais il n'aurait pas pu le jurer.

« Avez-vous un indice sur sa véritable identité ? interrogea Ann.

— Vous parlez d'ça d'une drôle de façon. » Le vieil homme la regardait, un sourire amusé aux lèvres. « Y'a environ un mois, j'ai vu un portrait qui ressemblait au gars qui l'cherchait en janvier. C'était dans le journal.

— Qui était-ce ?

— John March, celui-là qu'est mort dans son garage. »

Crane jeta un rapide regard vers Ann. Il reprit : « Pensez-vous que Mme March et Mme Maxwell sont une seule et même personne ?

— C'était p't-êtr' bien mon idée. »

Ann portait un manteau trois-quarts de caracul noir, fermé au cou par une chaîne d'or, et qui lui descendait au ras des genoux, comme une tunique. Elle dégrafa son manteau et sortit de sa poche intérieure une photographie.

« Reconnaîtriez-vous Monsieur Maxwell ?

— Sûr », dit le vieux.

Crane la dévisagea avec une admiration forcée. La photo représentait Richard March. Grand, bronzé et blond, avec son pantalon gris et sa chemise ouverte, il avait l'allure d'un acteur de cinéma. Ann tendit le portrait au vieillard, puis sourit à Crane.

Il lui retourna une grimace. Elle était sacrément trop efficace. Il fallait qu'il se mette au boulot. C'était une absolue nécessité, songea-t-il, qu'un homme en mette un sérieux coup pour garder une longueur d'avance sur une femme. Surtout une femme aussi jolie qu'Ann.

« C'est bien lui », dit le vieil homme, rendant la photographie.

« Bon, merci, fit Crane.

— Autre chose, dit le vieux, je ne sais pas si c'est une espèce d'indice, mais...

— Dites toujours, dit Ann. C'est quoi ?

— Eh ben, j'ai emprunté deux fois des allumettes à M. Maxwell. Et les deux fois, il m'a prêté une pochette au nom du « Chat Cramoisi ». Une boîte de nuit, pas loin d'ici. »

Un homme à lunettes, d'âge moyen, des pellicules semées sur son costume de serge bleue, entra dans le bureau. C'était Charles, le fils du vieux, et le propriétaire de l'agence immobilière. Son père lui apprit que Crane était un enquêteur d'une compagnie d'assurance, à la recherche de M. Maxwell.

« Décidément, il est très demandé aujourd'hui, dit le jeune M. Jameson.

— Comment cela ? fit Crane.

— Un type est venu, il y a près de deux heures, pour rechercher les affaires de Maxwell. Il avait un mot d'autorisation de Mme Maxwell. »

Ann s'enfiévra à l'idée de les rattraper : « Il ne serait pas encore là-bas ?

— Je ne sais pas.

— Comment peut-on y aller ? » demanda Crane.

Ayant suivi les indications du jeune M. Jameson, ils mirent trois minutes pour atteindre February Lane. La maison était une villa genre Cap Cod, blanche, avec un toit haut et une véranda, sur le côté. Dans l'allée, une femme attendait, au volant d'une grosse voiture.

Comme Ann garait son véhicule, la femme donna un coup de trompe. Crane ne la distinguait pas, mais il eut l'impression qu'elle était jeune.

Une voix caverneuse et métallique s'éleva de derrière la maison : « Qu'est-ce qui cloche ?

— Notre voleur ! » s'exclama Ann.

Le femme appuya à nouveau sur le klaxon, et actionna le démarreur. Une boîte en carton sous le bras, l'homme fit le tour de la maison et, apercevant Crane et Ann, décida de prendre la fuite. Il ouvrit violemment la portière de la voiture, se jeta à l'intérieur, juste au moment où elle démarrait. La portière se balançait d'une manière folle. Il sortit son bras, et la ferma. La femme mit pleins gaz.

« Hep ! cria Crane. Attendez. »

Lorsqu'elle rejoignit l'avenue, la voiture pencha de droite à gauche, faisant un large écart pour éviter de percuter la leur. Crane grava dans sa mémoire les traits de la jeune femme. Elle était belle : une peau laiteuse, des cheveux roux, et une bouche pleine dont le rouge vermillon semblait peint au pistolet. L'homme essayait de cacher son visage.

Ann entraîna Crane dans la voiture. « Viens. » Pour gagner l'avenue, ils décrivirent un ample demi-cercle, et franchirent le gazon moelleux d'une villa de style espagnol qui se trouvait malencontreusement sur le passage. L'autre automobile était encore en vue. Ann poussa le moteur de sa voiture à quatre-vingt-dix kilomètres à l'heure, et fonça. Le moteur rugit, les pneus hurlèrent.

La limousine prit un virage sur les chapeaux de roues. Crane regarda le compteur et constata horrifié qu'ils roulaient à cent trente. L'autre véhicule, cahotant violemment d'un côté à l'autre du chemin argileux, avait environ deux cents mètres d'avance. Il espérait que leur voiture était plus stable, mais il en doutait fortement. Ils gagnaient progressivement du terrain sur les fuyards.

Il devait crier pour être entendu : « Que fera-t-on, quand on les rattrapera ?

— On l'arrêtera. C'est un voleur.

— Et s'il résiste ?

— Tu l'assommes. »

Il traversèrent une longue allée. Le jour tombait. Ann alluma ses phares, mais ils ne servaient pas à grand'chose.

« Et s'il a un flingue ? cria Crane.

— Tu tires.

— Avec quoi ?

— Dans mon sac... un pistolet. »

C'était un automatique 25, dont la distance de tir n'excédait pas dix mètres. Il l'examina précautionneusement et le remit dans le sac.

« Tu n'aurais pas à boire, là-dedans ? » lanca-t-il.

Elle l'ignora. Elle se consacrait entièrement à la poursuite, qui commençait à tourner à leur avantage. Elle conduisait bien, négociant les virages, dérapant le moins possible, permettant rarement à la flèche de l'indicateur de vitesse de descendre en-dessous de 110.

Devant eux, dessinant une masse vert-foncé, dans la lumière faiblarde de la tombée du jour, une chaîne onduleuse de petites collines obstruait l'horizon.

Sur huit cents mètres environ, la route était en pente faible. Brusquement, sur la gauche, surgit un virage en épingle à cheveux. Les deux véhicules étaient désormais parallèles, séparés par six mètres de dénivellation. La voiture de tête fit une embardée sur le côté gauche de la route. utilisant le talus pour négocier plus aisément le virage. Comme ils revenaient derrière à guère plus de vingt-cinq mètres, Crane put voir la conductrice qui se cramponnait au volant, le visage presque collé au pare-brise. L'homme s'arc-bouta contre elle, la tête pratiquement en dehors de la portière, le revolver au poing. Il fit feu à leur passage. A la lueur du coup de feu, Crane baissa instinctivement la tête ; il n'entendit pas la détonation.

Ann, entièrement absorbée par le virage en U qu'elle devait aborder, demanda : « Que se passe-t-il ? »

Crane coupa le contact.

« Que se passe-t-il ? » répéta-t-elle.

Ralentissant spontanément sur la pente escarpée, la voiture s'arrêta. Ils pouvaient voir les feux arrières de l'autre véhicule s'éloigner sur la colline ; à un tournant, ils disparurent complètement.

« On allait les avoir, dit Ann. Pourquoi m'as-tu fait stopper ? »

Crane se retourna vers le siège arrière de la voiture, et désigna du doigt la vitre de la portière gauche. En bas et à gauche, très net et gros comme l'épaisseur d'un pouce : un trou. Tout autour, fendu en de nombreux petits fragments, le verre ressemblait à un ananas givré. La balle, apparemment, était sortie par la fenîre ouverte de la portière droite. Bref, il était inutile d'essayer de la retrouver.

6

Durant le trajet du retour, ils roulèrent prudemment, l'esprit préoccupé ; ils garèrent la voiture devant la maison.

« Comment expliquerons-nous le trou dans la vitre ? fit Ann.

— On peut leur dire que tu as tiré sur moi, et que tu m'as manqué.

— Quand je tirerai sur toi, je ne te manquerai pas. »

Ils entrèrent et trouvèrent Doc Williams installé dans la cuisine. C'était un détective envoyé par leur agence. Il avait amené leur voiture de New York, et allait passer pour leur chauffeur. De taille moyenne, tiré à quatre épingles, il avait une moustache cosmétiquée et des stries argentées sur la tempe gauche. Il s'empressa de saluer Crane.

« Fait bon voyage ? » dit Crane, pour la forme.

« Très bon, Monsieur.

— Suis-moi dans mon bureau. J'ai à te parler. »

Crane prévint Beulah : « Voici M. Williams, Beulah. Je veux qu'il soit bien traité. »

Ils se préparèrent un « shaker » de martinis dans la salle à manger, puis montèrent au premier étage.

« Comment ça marche avec la poulette ? » demanda Williams à Crane. Il fit un gros clin d'œil à Ann qui apportait un plateau garni d'olives, de céleri, et de petits fours au caviar.

« Ça irait bien, si elle n'essayait pas d'entrer la nuit dans ma chambre.

— Toujours ton charme irrésistible, hein ?

— Non, mon pyjama en soie », dit Crane, modeste.

« La prochaine fois qu'un cambrioleur nous rendra visite, je le laisserai déménager entièrement le rez-de-chaussée, déclara Ann.

— Un cambrioleur ? » Williams était très intéressé. « Vous avez eu la visite d'un cambrioleur ? »

Crane versa les martinis. « Buvons d'abord un verre. »

Les apéritifs étaient parfaits, avec juste ce qu'il fallait de vermouth pour adoucir le goût du gin, sans en supprimer l'âpreté. Crane versa une seconde tournée ; il évoqua le cambriolage, l'accusation lancée par M. March contre Carmel, Delia, et la toute récente poursuite.

Williams était satisfait. « On dirait qu'on ne s'est pas déplacé pour rien.

— Attends de voir Carmel.

— Un beau petit lot ?

— Rien que de la regarder me fait regretter de ne pas savoir danser le tango » répondit Crane.

Williams sourit à Ann : « J'ai l'impression que tu as donné à l'Oncle Bill une magistrale leçon sur l'art et la manière de mener une enquête.

— Et comment », dit Ann.

Crane vida son verre d'un trait, s'en versa un autre. « J'espérais qu'on ne ferait pas allusion à cet incident. » Il choisit un petit four en forme de cœur.

« Si. Et où est mon champagne ? reprit Ann.

— Tu l'auras... dans la proue, probablement, tels les bateaux qu'on baptise. »

Ils sirotaient leur martini, grignotaient le céleri, discutaient de l'enquête. Ils décidèrent d'aller faire un tour au « Chat Cramoisi », la nuit prochaine. Ann se rendit dans sa chambre et revint vêtue d'une robe de cocktail de lamé bleu à bretelles d'argent. Sa peau était lisse et bronzée.

Williams, retirant un noyau d'olive de sa bouche, l'envoya d'une chiquenaude sous le lit de Crane. « Bill disait que John se déplaçait beaucoup pour son travail, Ann.

— Oui ?

— Ça donnait l'occasion à Richard de courir après Carmel.

— Et John l'a appris, ajouta Crane. Ou quelqu'un l'a renseigné sur le nid d'amour loué par Richard aux Jameson. »

Ann s'assit sur le bras du fauteuil de Williams. « Comment aurait-il appris l'existence de la villa ? »

Crane l'ignorait.

« Il n'avait pas dû en entendre parler, continua Williams. Sinon, il n'aurait pas demandé aux Jameson de lui décrire la femme. »

Crane admira les yeux d'Ann, d'un vert très pur, sous la lumière électrique. Il dit : « Nous sommes tous deux d'accord sur le fait que John a découvert la liaison de Richard et de Carmel, et a tué Richard pour y mettre fin.

— Mais alors, qui a tué John ? rétorqua Williams.

— Nous avons une hypothèse, fit Ann. Il s'est suicidé. En proie aux remords.

— Et Carmel dans tout ça ? » demanda Williams qui, à la dérobée, se versait un autre verre.

« Je pense qu'elle est très belle, répondit-il.

— Tu ne vas pas recommencer à te saouler, Bill, lança Ann.

— Oh, non. » N'importe comment le « shaker » était vide. « Ce n'est pas mon genre.

— Mais Carmel n'a-t-elle pas pu tuer son mari ? insista Williams.

— Pourquoi ?

— Elle aimait Richard, elle voulait le venger. »

Crane enleva l'olive de son verre. Il avait englouti suffisamment d'alcool pour se sentir bien. « Le vieux March pense qu'elle l'a tué. Il pense qu'elle les a tués tous les deux.

— Pense-t-il aussi qu'elle va effacer toute la famille, les

uns après les autres ?

— Bon Dieu, dit Crane. Je ne lui ai pas posé la question. »

Après le dîner, le frère de Beulah, James, servit à Ann et Crane le café et le cognac dans la bibliothèque, devant un feu de pin crépitant.

« Je n'aime pas le métier de détective », fit Ann.

Crane fut surpris. « Que voudrais-tu de mieux ? » Il laissa sa tasse de café en suspens devant ses lèvres. « En plus, ici, ça ne nous coûte pas un sou.

— C'est la maison d'un mort, dit Ann.

— Tu as peur des fantômes ?

— Je ne sais pas ce que j'ai. » Elle le regardait de ses grands yeux verts. « Je pense à la façon dont ils sont morts. Ça ne te fait pas froid dans le dos, Bill ?

— Aucun raseur ne m'a jamais passé sa main froide dans le dos*, chérie.

— Je crois que c'est le gaz. Il n'a ni odeur, ni couleur ; il s'insinue en nous et il nous tue. Rien que d'y penser, j'en ai la gorge nouée, j'en ai le souffle coupé.

— N'y pense plus, dit Crane.

— Si je m'appelais March, j'aurais peur de la mort. » A la lumière des flammes, ses yeux étincelaient. « On dirait qu'une malédiction pèse sur cette famille. Tant de haine, tant de morts…

— Tu ne t'appelles pas March », dit Crane.

Elle se tut.

Quelques minutes après, James fit entrer Peter et Carmel dans la bibliothèque. Carmel ôta son manteau de fourrure et le jeta négligemment sur le sofa. « Hello. » Elle avait une superbe voix de gorge. Elle s'assit sur le

(*) Jeu de mots : « a creepy feeling » = froid dans le dos ; « a creep » = un lèche-cul.

sofa, croisa les jambes. Elles les avait fuselées et longues, les genoux arrondis.

« Hello », dit Crane.

Elle était habillée d'une robe du soir de velours noir, si simple et si parfaitement ajustée à son corps, que Crane sut d'emblée qu'elle avait coûté les yeux de la tête. A son poignet gauche, un bracelet serti de diamants et de rubis chatoyait aux reflets des flammes du feu de pin.

Ann accueillit Peter par un : « Comment se porte la cambriole, ce soir ? »

Un sourire illumina son visage. « Je ne travaille jamais avant minuit.

— Alors, vous avez le temps de prendre un verre, fit Crane.

— Nous sommes venus pour... »

Crane l'arrêta immédiatement. « Je sais. Vous êtes venu reprendre votre voiture.

— Oh, non !

— Elle est salement endommagée, mais elle roule, poursuivit Crane.

« Un caillou, expliqua Ann. Il a fait un trou dans la vitre.

— Non, c'était une balle, dit Crane.

— Une voiture qui passait. » Ann lui lança un regard furieux. « Le caillou a sans doute jailli de dessous ses pneus.

— On a essayé de nous tuer, oui, tous les deux, dit Crane. J'étais terrifié. »

Pendant qu'Ann versait le cognac, Carmel dit : « Nous sommes venus vous inviter à danser, samedi soir, au Country Club. »

Crane respira le parfum du gardénia.

« Je vous ai dit que papa s'était arrangé pour que vous en soyez membres, dit Peter. Nous souhaiterions que vous nous accompagniez.

— C'est très gentil, dit Ann.

— Je danse le « Bunny Hug », dit Crane. Ça se fait encore par ici ?

— Oh oui. » Carmel lui sourit. « On le danse. Ainsi que le « Subway dip » et le « Turkey in the straw ».

— Alors, je viendrai, décida Crane. Mais vous m'accompagnerez au « Chat Cramoisi », demain soir.

— Magnifique », fit Carmel.

Ils sirotèrent un peu leur cognac et Crane se retrouva assis à côté d'elle, sur le sofa. Ann et Peter étaient dans la cuisine. La peau de Carmel était pâle, mais elle était pleine de santé. C'était une femme très séduisante, pensait-il. Il y avait de l'insolence dans l'arc noir de ses sourcils, de la passion sur ses lèvres écarlates, du dédain dans l'abandon avec lequel elle se répandait sur le sofa. Elle avait à ses pommettes, ce petit creux ombré de violet que Crane adorait tant chez les femmes.

« Tous les cadavres à Marchton embaument-ils le gardénia ? » demanda Crane.

Elle écarquilla les yeux pendant un bref instant. « Que voulez-vous dire ? » Puis elle le regarda fixement. « Oh, vous vous souvenez de cet après-midi.

— Oui.

— Talmadge a une langue de vipère.

— Mais votre mari — m'a-t-on rapporté — sentait l'odeur du gardénia », mentit Crane.

Il y eut dans les yeux de Carmel une imperceptible lueur de colère. « Pourquoi pas ? Après tout, c'était mon mari. » Elle se pencha vers lui, et il huma son très fort parfum de gardénia. « Qui vous l'a raconté ?

— Personne.

— Vous ne voulez pas me le dire ?

— Il vaut mieux pas.

— Je comprends. » Elle le regarda, et il crut lire dans ses yeux la colère et la peur mêlées. « Je comprends.

— Vous avez des ennemis. » Il aurait aimé connaître le fond de sa pensée, mais il n'osait pas aller trop loin.

Il voulait lui laisser croire qu'il en savait beaucoup plus.

Elle le regarda à nouveau : « Pourquoi cette affaire vous intéresse-t-elle tellement ?

— Je ne sais pas, répondit-il. Ça m'intéresse, c'est vrai. »

Elle parla très lentement : « Vous pensez que les morts de Richard et de John ne sont pas accidentelles ?

— Peut-être.

— Eh bien, vous avez raison. Elle ne le sont pas. »

Il l'observa en silence, maîtrisant difficilement son excitation.

« Je préfère vous en parler, avant que votre curiosité ne nous attire des embêtements.

Elle parlait d'une voix sourde. « John March s'est suicidé.

— Mais pourquoi... », commença-t-il, suspendant sa phrase au moment où Peter et Ann sortaient de la cuisine. Il reprit : « Mais pourquoi ne danse-t-on pas au Town Club ?

— La salle de bal est trop petite », répondit Carmel.

La voix de Peter avait un timbre juvénile. « Je file maintenant ; je vous laisse dormir. Crane doit arriver à l'heure au bureau, ou papa pensera que c'est un tire-au-flanc.

— Quel bureau ? s'étonna Crane.

— Tu ne t'en souviens peut-être pas, mon chéri, mais tu travailles pour « March and Company ». Tu rédiges des publicités sur les réfrigérateurs, dit Ann.

— Pendant un moment béni, ce fait m'était complètement sorti de l'esprit, gémit Crane.

— Tu viens, Carmel ? demanda Peter.

— Prends la voiture, je rentrerai à pied. Je dois encore parler avec M. Crane. » Elle jeta un bref regard à Ann. « Si, évidemment, Mme Crane n'y voit pas d'inconvénient ?

— Absolument aucun, fit Ann.
— Bon, je m'en vais », dit Peter.
Ann le raccompagna à la porte.
— Comment savez-vous qu'il s'est suicidé ? interrogea Crane.
— Il a laissé un mot.
— Un mot ? » Crane ne jouait plus la comédie. Cette fois, il était réellement surpris. « Que disait-il ?
— Je ne sais plus exactement. » Les doigts de Carmel jouaient machinalement avec le bracelet serti de diamants et de rubis. « Il m'était destiné. Il disait à peu près : « *Je ne peux pas continuer à vivre... Je dois retrouver Richard... lui expliquer... Adieu, ma chérie... Pardonne-moi comme je t'ai déjà pardonné* ».
— Nom de Dieu ! » Crane passa au crible mentalement toute la signification du billet de John. « Etait-il signé ?
— Oui. D'un J. C'est ainsi que John signait toutes ses lettres personnelles.
— Mais pourquoi ce billet n'a-t-il pas été présenté au cours de l'enquête officielle ?
— Je l'ai détruit. » Elle prononça ces mots d'un seul jet, comme si elle était à bout de souffle, à force d'avoir couru. « Je voulais qu'on croie à un accident.
— A cause de l'assurance ? »
Elle lui lança un regard furieux ; pour la première fois, elle était vraiment en colère : « Vous pensez que cela compte pour moi ? Quelle sorte de femme croyez-vous que je sois ? » Sa respiration devenait haletante. « Je l'ai fait pour son père... S'il avait appris le suicide de John, ça l'aurait tué. »
Surpris, Crane demanda : « *Vous* vous inquiétez donc pour Simeon March ?
— Oh, je sais qu'il me hait. » Elle eut un rire bref et sans gaieté : « Il voulait que John s'enterre vivant dans son travail et ne vive que pour « March and Company ». Moi... moi, j'avais d'autres ambitions. » Son visage pre-

nait un aspect très émouvant. « Simeon s'est forgé une armure de rage, de haine, et de paroles blessantes, mais au fond de lui, il est vulnérable. Il aimait John. Je ne voulais pas le faire souffrir. Dieu sait qu'il a déjà suffisamment souffert. »

Ou son émotion était authentique, ou Carmel était une grande actrice. Ses doigts fins pressaient les rubis sur le bracelet. Son visage restait impassible, mais ses lèvres rouges et brillantes étaient agitées d'un léger tremblement.

« Comment vous est venue l'idée de détruire le billet ? questionna Crane.

— Après avoir découvert John, j'ai téléphoné à Paul... le Docteur Woodrin. Il a tout de suite pensé que c'était un accident. » Elle détourna la tête et parla à voix basse. « C'est ainsi que j'ai eu cette idée.

— Lui avez-vous montré le billet ? »

Elle eut une seconde d'hésitation. « Oui. Il a admis qu'il fallait le détruire pour éviter le scandale et sauver la vie de Simeon March. Il m'a aidé à placer les outils... à fermer les portes du garage, pour rendre plausible la thèse de l'accident. »

Crane songea à la tournure bizarre qu'avait prise son enquête : Carmel risquant un maximum pour empêcher que Simeon March apprenne le suicide de son fils préféré ; et Simeon, persuadé qu'elle était la meurtrière.

« Que signifie dans le billet de John : « Je dois retrouver Richard... lui expliquer » ? » dit-il.

A chaque battement de son cœur, une minuscule veine bleue frémissait à la base du cou. Elle resta longtemps silencieuse, puis elle dit d'une voix sourde, monocorde :

« John a tué Richard. »

Crane se leva du sofa et jeta un gros rondin de pin dans le feu. Des flammèches s'envolèrent dans la cheminée ; d'avides langues de feu lapèrent le bois résineux. Il retourna s'asseoir sur le divan.

« Pourquoi ?

— Il était jaloux de Richard.

— Oui, mais un homme — il hésita sur le mot qui allait suivre — n'assassine pas seulement parce qu'il est jaloux.

— Non.

— Alors, que...

— Il m'a vue dans la voiture de Richard.

— Au Country Club ? La nuit où Richard est mort ? »

Elle acquiesça, détournant toujours la tête. Il comprit alors la raison de l'odeur du gardénia sur le manteau du mort, du rouge à lèvres sur son visage.

Elle parla à nouveau, lentement, de sa voix basse : « John a dû s'approcher de la voiture sans faire de bruit. Je ne sais pas depuis quand il était là. » Bien qu'elle n'ait pas terminé, elle hésita à continuer.

Crane attendit. Comme elle tardait à poursuivre, il demanda : « A-t-il entendu votre conversation ?

— Richard me suppliait de partir avec lui.

— John était-il très en colère ? Vous a-t-il menacée ? »

Elle se tenait désormais en face de lui sur le sofa, sans la moindre défense. Ses lèvres étaient douces, humides, rouges.

« Il était très calme... Je ne pouvais pas voir son visage. Il m'a demandé d'entrer dans le pavillon du Club. J'étais effrayée, sa voix était si étrange, mais je suis entré... et je l'ai laissé seul avec Richard.

— Et puis ?

— J'ai appris la mort de Richard. »

Crane fut surpris de la voir fondre en larmes. C'était très bizarre. Elle ne sanglotait pas, ne tressautait pas d'une quelconque façon ; elle était assise, son visage prenant la teinte de l'ivoire, et elle parlait et pleurait, de grosses larmes perlant le long de ses joues.

« Je n'ai jamais reparlé à John de cette nuit-là, continua-t-elle. Je n'ai d'ailleurs jamais eu aucune certitude... jusqu'à ce que je trouve son corps.

— Comment a-t-il tué Richard à votre avis ?

— Je ne sais pas. » Les larmes rendaient ses yeux noirs prodigieusement lumineux. Elle saisit son manteau de vison, à l'autre bout du sofa. « Je pense que Richard devait être évanoui ; il avait bu trop de champagne ; et John a trafiqué la voiture. » Elle trouva un mouchoir en dentelle et essuya ses yeux. « Je suis désolée.

— Je vous en prie, dit-il. La mort de votre mari a dû vous faire un choc.

— Ce n'était pas comme si j'étais amoureuse de lui. » Elle le regarda par-dessus son mouchoir. « Ça ne marchait plus bien entre nous. » La couleur de ses yeux était passée du noir à l'ambre.

« Et Richard ?

— Je l'aimais bien, mais je n'en étais pas non plus amoureuse. »

Elle parlait si simplement que Crane la crut. Il crut toute son histoire. Il se demanda si c'était parce qu'elle était si belle. Il pensa qu'il aurait fait un foutu juré, si cette soirée avait été son procès. Il l'aurait acquittée, et pas au bénéfice du doute.

Elle ne pleurait plus ; elle remit son mouchoir dans la poche de son manteau. « Vous devez penser que je suis horrible.

— Non, pas du tout.

— Si.

— Non, vraiment. »

Elle effleura son poignet du bout des doigts. « Merci. Je devais parler à quelqu'un. » Ce simple contact lui donna la chair de poule. « Il n'y a personne en ville à qui je puisse parler. » Elle se leva ; il l'aida à enfiler son manteau de vison.

« Vous ne direz…, commença-t-elle.

— Non, bien sûr.

— Souhaitez une « bonne nuit » de ma part à votre femme.

— Je vous reconduis chez vous.

— Ce n'est pas la peine.
— Mais…
— Je préfère rentrer seule. »
Ils se tenaient devant la porte d'entrée. « Eh bien, bonne nuit. »

7

Sur la route large, la limousine se déplaçait à une vitesse moyenne, sans éprouver de difficultés dans la longue montée. La lune était si claire que les rayons des phares ressemblaient à du lait déversé sur la chaussée. La campagne environnante était grise et noire.

Le Docteur Woodrin, assis à l'arrière entre Ann Fortune et Carmel March, discourait sur les vertus mécaniques de la voiture.

Crane et Peter March leur faisaient face, assis sur des strapontins. Crane mentit sciemment ; « Je viens de rédiger quelques publicités pour la Compagnie. On me les avait demandées.

— J'aurais bien besoin de publicité, dit le Docteur Woodrin.

— Vous pourriez ainsi aménager votre court de tennis privé, Paul », dit Carmel.

Tandis que Peter décrivait à Ann la passion du Docteur Woodrin pour le tennis, Crane se remémorant sa journée, conclut qu'il n'avait encore rien fait de valable. Toute la bande était en route pour le « Chat Cramoisi » (avec Williams au volant), et Crane espérait vivement y découvrir quelque chose.

Il n'avait pas répété à Simeon March les confidences de Carmel sur la mort de Richard et le suicide de son mari. Il savait que le vieillard ne le croirait pas. Il n'était d'ailleurs plus sûr d'y croire lui-même, depuis qu'il y avait réfléchi. Les outils sur le marchepied de la voiture de John, et le capot ouvert le laissaient perplexe. Comment a-t-elle pu avoir le courage d'organiser cette mise en scène à l'intention des policiers, devant le corps de son mari ? La réaction la plus naturelle aurait été d'appeler au secours.

Evidemment, si son histoire était vraie, elle expliquait tout.

« Pratiquez-vous le tennis, Bill ? lui demanda Peter March.

— Hein ? Oh, un peu. »

Ann affirma qu'elle le pratiquait, et Crane replongea dans ses pensées. Si l'histoire de Carmel était fausse, John avait été tué. Elle n'aurait pas pris la peine de mentir s'il s'était agi d'un simple accident. Donc, c'était soit un suicide, soit un meurtre.

Il sentit s'accélérer les battements de son cœur. Un meurtre donnait à l'enquête une autre dimension et fournissait de nombreux sujets d'inquiétude. Les victimes étaient mortes d'une façon quasi-fantasmagorique, sans combattre, sans appeler au secours ; le gaz les avait fait partir en douceur, leur laissant un visage pourpre et le sang empoisonné. S'il s'agissait réellement d'un meurtre, il était clair que quelqu'un voulait faire disparaître toute la famille March. Il y aurait donc une nouvelle tentative de meurtre contre un March. Il espérait que ce ne serait pas contre Carmel ; il commençait à la trouver attachante.

« Paul transporte même un filet de tennis dans sa voiture, dit Peter. Je l'ai vu l'autre jour.

— Pourquoi pas ? fit le Docteur Woodrin. Il n'y a pas de filet sur les courts de l'hôpital. »

Et l'odeur de gardénia... Comment s'imbriquait-elle dans l'affaire ? C'était l'élément de l'enquête le plus tordu, songea Crane. On dirait que quelqu'un cherche à incriminer Carmel à tout prix. Et pourquoi Talmadge March était-il si désireux de déterminer l'origine du parfum ? Personne ne laisserait traîner derrière soi de tels effluves de gardénia, en passant simplement un moment avec quelqu'un. A moins que...

« Bill, vous dormez ? demanda Carmel.

— Quoi ? Moi ? Oh, non.

— Vous êtes si taciturne.

— Son esprit sarcastique est émoussé», dit Ann, acerbe.

Crane n'apprécia pas. Il avait peut-être bu trop de cocktails avant le dîner, mais il s'était conduit en parfait gentleman. « J'espère que nous ne sommes pas en train d'absorber une forte dose d'oxyde de carbone », fit-il.

C'était la chose à ne pas dire. Précipitamment, Peter March désigna du doigt un point par la vitre gauche. « En bas, dit-il, on peut apercevoir notre belle cité. » Et il reprit : « Plus que trois kilomètres. »

Le visage de Carmel, faiblement éclairé par les lumières du tableau de bord, semblait mélancolique. Elle avait les joues creuses, et ses lèvres rouges formaient une courbe tragique. « Bon, dit-elle, j'ai besoin d'un verre.

— Moi aussi », dit Crane.

Il avait quand même fait une chose pendant sa journée. Ou plutôt c'est Williams qui l'avait faite pour lui. Il avait retrouvé les voitures de Richard et de John. Il serait intéressant de les inspecter, pour voir si elles avaient été trafiquées. Dans ce cas...

La voiture fit une embardée, ce qui le détourna une nouvelle fois de ses pensées. A un croisement, ils s'engagèrent sur l'allée menant au « Chat Cramoisi ».

« Ils ont un orchestre de jazz, ici », fit remarquer le Docteur Woodrin.

Il n'y avait pas de portier. Crane aida les femmes à descendre de la voiture. La main de Carmel, serrant la sienne un instant, était brûlante. Il laissa les autres entrer avant lui dans la boîte de nuit.

Williams reluquait les chevilles de Carmel, fines et attirantes sous son manteau de vison. « J'aimerais me retrouver bouclé dans un ascenseur avec cette dame, fit-il.

— Essaye donc, et les journaux pourront titrer : « La Nouvelle Victime de l'Oxyde de Carbone ».

— Tu crois que c'est elle ? »

Crane haussa les épaules. Il pénétra dans le bâtiment, ôta son manteau et son chapeau. Se dirigeant vers la grande salle, il entra par mégarde dans la salle de bar, où étaient disposées des tables modernes toutes en chrome et en verre, des chaises de cuir rouge et un comptoir rouge vif.

Il commanda un double whisky-soda.

« Comment vont les affaires? » demanda-t-il au barman.

Celui-ci exhibait deux dents en or. « En quoi ça t'intéresse, mon pote ? » fit-il.

Crane laissa filer et regagna la grande salle. Il vit Peter March et le Docteur Woodrin assis à une table près de la piste de danse. Il se sentait bien, sous l'effet du whisky. Il se tint à l'écart et observa les nègres de l'orchestre qui s'avançaient vers l'estrade. Il se demanda s'il devait revenir sur ses pas et flanquer une beigne au barman. Oh, et puis non !

Une jolie blonde, dans une robe du soir bon marché, l'intercepta au passage. « Seul ? » Elle paraissait avoir dix-sept ans.

« Pratiquement, dit-il. A part une épouse.

— Oh, excusez-moi. »

Il la prit par le bras. « Venez. » Si Ann devait lui faire la tête, autant lui donner une bonne raison. « Il y a un homme en plus dans notre bande. » Il lui sourit. « Il prendra soin de ma femme.

— Très bien. » Un examen plus poussé lui apprit qu'elle était plus âgée qu'il ne l'avait cru. « Un petit moment, alors ; ensuite je vais danser.

— Je danserai avec vous.

— Non, je voulais dire dans le spectacle. Je fais quelque chose de spécial.

— Toutes les femmes devraient savoir faire quelque chose de spécial, dit-il.

— Je fais des claquettes.

— C'est sympa ! Et voici nos amis. » Il adressa un salut de la main à Peter March et au Docteur Woodrin. « Cette petite dame va s'asseoir avec nous et partager notre champagne.

— Si c'est du champagne, je risque de rester un moment. » Elle s'assit près de Woodrin. « Je m'appelle Dolly Wilson.

— Et moi, Bill Crane. » Crane fit signe à un serveur. « Je vous présente M. March et le Docteur Woodrin. »

Miss Wilson resta bouche-bée devant Peter March. « Mince ! s'écria-t-elle. Je croyais que vous étiez mort.

— Eh non, apparemment, dit-il.

— Ben, c'est drôle. On ne vous a plus vu ici depuis près d'un an, et j'ai entendu dire que vous étiez mort.

— Mon frère est mort. Nous nous ressemblions beaucoup.

— Oh, mince ! » Elle saisit sa main et l'étreignit. « Je suis terriblement désolée, Monsieur March.

— Ce n'est rien. »

Carmel et Ann s'assirent à la table.

Tous avaient un verre entre les mains. Ann, ignorant délibérément Crane, échangea quelques mots avec Peter March. Ils semblent bien s'aimer, ces deux-là, pensa Crane. Bon, très bien. L'orchestre débuta par un fox-trot lent, et il invita Miss Wilson à danser.

« Et comment ! » dit-elle.

Elle dansait très bien. Pendant un moment, elle se montra circonspecte, s'attendant à ce que Crane se trompe dans ses pas, mais elle se rapprocha de lui, ferma les yeux, et posa la tête sur son épaule.

« Vous n'êtes pas mauvais, dit-elle.

— Je suis remarquable.

— Qui dirige cette boîte ? reprit Crane.

— Frenchy Duval, répondit-elle. Mais elle ne lui appartient pas. C'est une des boîtes de Slats. »

Il se souvint du « Slats » de la lettre de Delia à Richard. « Slats qui ?

— Slats Donovan.

— Qui est-ce ?

— Oh, vous avez entendu parler de lui.

— Non, jamais.

— Mais si. Dans le secteur, c'est le grand patron de toutes les maisons de jeu. *Vous en avez* sûrement entendu parler.

— J'ai entendu parler d'Al Capone.

— Oh, vous ! »

Crane aperçut soudain une femme qui sortait de derrière un rideau rouge, au fond de la salle. Elle était vêtue d'une robe du soir de velours noir qui collait à son corps aussi étroitement qu'un peignoir de bain mouillé. Elle avait des courbes superbes, sans un gramme de graisse, et des cheveux roux.

Crane s'approcha d'elle, tout en dansant. « Qui est cette dame ?

— Laquelle ? Oh, Delia Young. »

Crane ressentit un tiraillement au creux de l'estomac. La Delia des lettres. La rouquine de la poursuite. Et Slats était Slats. Craignant qu'elle le reconnaisse, il dansa joue contre joue. En fait, le regard de la femme ne fit que les survoler, et se posa sur d'autres couples de danseurs.

« Que fait-elle ? demanda-t-il.

— Elle chante. Et bien. Elle doit se faire deux cents dollars par semaine. »

Crane feignit l'étonnement. « J'aimerais la rencontrer. »

Dolly parut inquiète. « Non, pas ça.

— Pourquoi ?

— C'est la petite amie de Slats.

— Je n'ai pas le droit de lui payer un verre ?

— Ecoutez. » Dolly recula de quelques centimètres et le regarda fixement : « Le dernier type qui lui a payé un verre — on l'a retrouvé mort d'une indigestion de minéraux*.

— Minéraux ?

(*) Jeu de mots : « mineral » = 1) minéral ; 2) minerai.

— Il avait trop de plomb dans le corps. » Elle eut un petit rire idiot. « Vous ne la connaissiez pas, celle-là ?

— Eh bien, eh bien. » Il admira avec envie les courbes de Delia Young. « Slats est jaloux, hein ?

— A juste raison. » Dolly dit d'un air entendu : « Elle s'est mis quelques jetons dans la fente, et elle a pensé que c'était tous les jours Noël. »

Crane était complètement décontenancé. « Tous les jours Noël ?

— Ouais. L'esprit de Noël. Faire don de soi aux autres.

— Ah ! Et Slats n'apprécie pas ?

— Quel homme apprécierait ? Il est allé jusqu'à lui refiler un garde du corps.

— Une sorte de ceinture de chasteté ambulante, hein ?

— Quoi ?

— Celle-là, c'est *vous* qui ne la connaissez pas, dit Crane. Le type parle-t-il comme s'il avait une aiguille rouillée à son phonographe ? »

Elle s'écarta de lui, cessa de danser. « Dites donc ! De quoi êtes-vous au courant ? »

D'autres danseurs commençaient à les regarder. « De rien, dit-il. Je me rappelle que quelqu'un m'en a parlé à Marchton. C'est tout. »

Elle l'autorisa à danser à nouveau avec elle, mais son visage restait soupçonneux. « Vous ne l'avez jamais vue avant ?

— Non, mentit-il.

— Si Slats savait que je vous ai parlé, il me casserait les dents.

— C'est un dur ?

— Je l'ai déjà vu passer son poing à travers une porte. » Elle étreignit son bras. « J'y vais. Le spectacle débute dans cinq minutes. Soyez sage jusqu'à mon retour.

— Promis. »

Il revint à sa table. Seuls Carmel et le Docteur Woodrin s'y trouvaient. « Nous pensions que vous nous aviez fait faux-bond pour le restant de la soirée, dit Carmel.

— On n'en est encore qu'au début », fit Crane.

Il s'assit, et chercha des yeux Ann et Peter, mais ils ne dansaient pas. Il se sentit légèrement contrarié. Ann était censée être sa femme, même si ça n'était pas vrai. Il but une gorgée de champagne. Il décida de rester sur ses gardes pour saisir le moment opportun de rencontrer Delia. Il ne savait plus trop quoi faire. S'il continuait de mener l'enquête à sa manière, Ann serait ennuyée. Bah, au fond, il s'en fichait.

8

« Tu as ramené une drôle de fille, à la table », dit Ann, dansant aussi écartée de lui que possible. « Une fille facile !

— Et alors, quel est le problème ?

— Il n'y en a pas.

— Pourquoi es-tu en colère ?

— Je ne le suis pas. »

C'était la dernière danse avant le spectacle. Ann était revenue à la table avec Peter March, et Crane l'avait invitée à danser. Elle n'avait pas semblé très enthousiaste, mais elle avait accepté de l'accompagner sur la piste.

« Je crois que je suis content de ne pas être ton mari, dit-il.

— Pas autant que moi.

— Je ne suis pas vraiment content, reprit-il. Je te trouve épatante. Mais ne vois-tu pas que je travaille ?

— Tu appelles travailler, boire et courir les filles ?

— Certainement.

— Tu crois que ça m'est égal d'avoir un mari cavaleur ?

— Mais nous ne sommes pas mariés.

— Les gens le croient. » Il y avait de la froideur dans sa voix. « Je n'apprécie pas que les gens se sentent obligés d'être gentils avec moi, uniquement parce que toi, tu ne l'es pas.

— Tu fais allusion à Peter ? »

Elle eut un regard de mépris. « Il est très attentionné.

— Moi aussi, je suis très attentionné. Mais j'ai du travail. »

Crane aperçut la chevelure rousse de Delia Young dans un coin de la salle. Elle discutait avec un homme en costume noir.

« Voudrais-tu que je néglige mon boulot ? » demanda-t-il.

Elle ne répondit pas. Lorsqu'il la regarda, il eut la surprise de découvrir qu'elle avait les larmes aux yeux. Il eut comme un pincement au cœur. Il supposa qu'il avait de la sympathie pour elle. Il éprouva l'envie de la serrer contre lui. Toujours de la sympathie.

« Je démissionne, dit-il. Je serai gentil.

— Je me fiche de ce que tu feras », répliqua-t-elle.

Elle enleva ses bras, s'arrêta de danser et le planta là. Elle se tenait très droite en regagnant sa table.

Il se demanda pourquoi elle avait agi de la sorte. Elle allait finir par le rendre maboul.

Il entra dans la salle de bar et commanda un double whisky-soda. Il aperçut Williams, à l'autre bout du comptoir rouge, en grande conversation avec le barman hargneux, mais il fit semblant de ne pas le connaître.

Peter March s'approcha et s'assit sur le tabouret voisin du sien.

« Vous prenez un verre ? dit Crane.

— Avec plaisir. »

Crane commanda deux autres doubles whisky-soda.

« Ne buvez-vous pas un peu trop ? dit Peter March.

— Non, pas tant que ça !

— Ann... votre femme ne semble pas apprécier.

— J'avais cru le comprendre.

— C'est une fille très bien.

— Moi aussi, dit Crane, je suis une fille très bien.

— D'accord. Je pensais seulement...

— Ne le faites pas. Ne pensez jamais.

— Vous avez peut-être raison. » Peter March réfléchit une seconde. « Ce ne sont pas mes affaires. Mais il y a quand même quelque chose qui me regarde. » Il s'interrompit et regarda Crane droit dans les yeux. « *On a tiré* un coup de feu sur ma voiture.

— Bien sûr, fit Crane. Je vous l'ai dit.

— Mais comment est-ce arrivé ?

— Je ne sais pas. »

Le ton de la voix de Peter March se fit autoritaire : « Je crois que vous feriez mieux de tout me raconter.

— Très bien, dit Crane. Ann a essayé de me tuer. Elle veut mes millions. Mais mon gilet pare-balles en acier a détourné le projectile. »

Les sourcils de Peter formaient presque une barre horizontale au-dessus de ses yeux. Il était sur le point de frapper Crane. Le Docteur Woodrin s'avança vers eux. « Bon, ça va », dit Peter. Il se leva et s'en alla.

« Vous prenez un verre ? » proposa Crane au Docteur Woodrin.

Le Docteur s'en tint également au whisky-soda.

« Dites, Docteur », dit Crane, après le départ du barman, « Carmel m'a raconté une étrange histoire. Je préfère vous en parler puisque vous y êtes impliqué.

— Quelle histoire ? »

Crane lui rapporta la confidence de Carmel sur le suicide de John. « Y avait-il vraiment un billet ? » demanda-t-il.

Le visage poupin, rose et blanc, du docteur devint grave. « Bon Dieu ! J'espérais qu'on n'en parlerait jamais. » Ses yeux bleus scrutaient le visage de Crane. « Qu'est-ce qui a pu la pousser à vous en parler ?

— Elle était en colère contre Talmadge March.

— Je ne la blâme pas... Je n'ai pas compris ce qu'il cherchait à prouver, hier.

— Il ne doit pas l'aimer beaucoup, dit Crane.

— Non, ça c'est le problème d'Alice. » Le docteur hocha la tête. « Alice hait Carmel.

— A cause de Richard ?

— En partie seulement. En partie aussi parce qu'elles

appartiennent à deux races de chattes différentes.

— Mais il y avait bien un billet ? insista Crane.

— Oui. » Le docteur vida son verre. « Son histoire est vraie. » Il se laissa glisser du tabouret. « J'espère que vous n'en direz rien à personne.

— Soyez tranquille, dit Crane.

— J'aurais des ennuis si la police l'apprenait. J'ai aidé à faire croire à l'accident, dit le Docteur Woodrin. Sinon, Simeon March serait mort. » Il s'éloigna.

Peu après, Crane retourna à sa table. Le spectacle était commencé. Six filles en petites culottes de soie bleue et soutien-gorges incrustés de paillettes de verre dansaient. Elles étaient très mauvaises. Crane reconnut Dolly Wilson à l'extrémité gauche. Elle lui fit un petit signe de la main. Ann était revenue s'asseoir à la table avec les autres, et il était à côté d'elle. Elle ne fit pas attention à lui.

Il se sentait un peu solitaire. Personne ne l'aimait à part Dolly Wilson. C'était dur, d'être un détective privé et de n'être aimé que par Dolly Wilson. Peut-être était-il un peu ivre. Ça c'était une bonne chose, mais il aurait bien voulu qu'il y ait ici quelqu'un qui l'aime et qui... *qu'il* aime. Voilà de la bonne grammaire. De la sacrément bonne grammaire ! Il aimait Ann, mais elle ne l'aimait pas. Il n'aimait pas le spectacle et il s'en fichait que le spectacle l'aime ou pas. Aucune importance. Absolument aucune. Il essaya de regarder le Docteur Woodrin pour voir si celui-ci l'aimait, mais sa chaise bascula en arrière et Carmel dût le rattraper.

« Merci, fit-il à Carmel. Vous m'avez sauvé la vie !

— Je n'ai rien fait du tout, dit Carmel.

— Vous m'avez sauvé la vie.

— Tiens-toi tranquille », dit Ann.

Quelques instants plus tard, il n'était plus nécessaire de l'exhorter à se tenir tranquille. Les lumières s'éteignirent, l'orchestre commença à gémir, et un cercle de lumière blanche détacha Delia Young, en avant du rideau rouge.

Exagérant le balancement de ses hanches, elle s'avança lentement vers le centre de la scène. Sa peau était aussi blanche que le carrelage d'une salle de bain.

On aurait dit qu'elle était à moitié endormie. Ses yeux étaient pratiquement fermés. Le pianiste égréna quelques accords. Elle chanta :

« *I'm not much to look at*
Nothing to see... »

Crane sentit tout son dos parcouru de frissons. La voix de Delia ne ressemblait à aucune autre. Elle était cassée et rauque, mais de manière très féminine. Comme si elle était enrhumée, ou avait la tuberculose du larynx.

A sa dernière chanson, le public n'applaudit pas immédiatement. Puis après un long temps de silence, il y eut de nombreux rappels, mais elle n'interpréta pas d'autres chansons. Elle se faufila derrière les rideaux ; la lumière revint ; Dolly Wilson commença son numéro de claquettes avec plus de dynamisme que de style.

Carmel sourit à Crane : « Elle chante bien, n'est-ce pas ?

— Mon Dieu ! » dit Crane.

Au bout d'un moment, il aperçut Delia, assise seule à une table, de l'autre côté de la piste de danse, juste en face de lui, mais en diagonale. Il demanda au serveur de lui porter une bouteille de champagne dans un seau à glace. Il y avait ajouté une carte sur laquelle il avait écrit : « Si vous avez besoin d'aide pour l'écluser, je suis là. »

Le serveur hésita. « Je ne suis pas sûr que Miss Young appréciera. Vous savez, c'est la...

— J'en ai entendu parler. » Crane lui remit un billet de cinq dollars. « Ne vous cassez pas la tête. »

Ann regardait Delia. Elle se tourna vers Crane. « Si tu n'es pas trop ivre, dis-moi une chose ?

— Chérie, je ne suis pas ivre du tout.

— C'est notre Delia ? »

Il acquiesça d'un hochement de tête. Le spectacle était terminé, l'orchestre recommençait à interpréter de la musique de danse. Ann sourit à Peter March qui la conduisit sur la piste. Elle n'eut pas un regard pour Crane. Le serveur apporta un mot. Crane lut : « Venez avec votre bouteille personnelle. »

Il était franchement amusé. C'était une petite marrante. Il lui avait offert une bouteille, mais apparemment elle ne souhaitait pas la partager avec lui. « Faites parvenir une autre bouteille à Miss Young. » Delia, songea-t-il, allait bien lui plaire.

Il se leva et dit à Carmel et au Docteur Woodrin : « Excusez-moi, je vous prie.

— Pourquoi ? s'étonna Carmel.

— J'ai été invité à une petite réception... à une réception intime en l'honneur de Miss Young. »

Carmel lui confia : « On dit que c'est la pépée d'un gangster.

— Je vous prie de m'excuser », répéta Crane.

Il eut un mal fou à se frayer un chemin au milieu des danseurs. Il lui sembla qu'il y avait une foule immense sur la piste et que tous les danseurs s'étaient donnés le mot pour le bousculer. Soudain, il se trouva devant la table de Delia.

« La mer est houleuse, matelot ? » Ses yeux pétillaient d'amusement. Il s'assit en face d'elle : « Aimeriez-vous danser ?

— Vous vous en croyez capable, Monsieur ? »

Il se leva, fit la révérence, et se retint à la table. « Excusez-moi. » Il fit la révérence et se retint à une chaise. Il renonça à faire la révérence. « Madame, j'ai le plaisir de vous présenter le plus grand petit danseur du monde. »

Delia Young recula sa chaise : « Souviens-toi, Arthur Murray, que je te quitte là où tu tombes. »

Ils gagnèrent la piste et dansèrent ensemble, ce qui fut

une grande surprise pour tout le monde.

Une surprise pour Delia Young, parce qu'il dansait très bien. Une surprise pour Crane, qui ne s'attendait pas à ce qu'elle accepte de danser avec lui. Une surprise pour Frenchy Duval, qui surveillait la porte et songeait qu'heureusement Slats Donovan n'était pas là : d'ordinaire, lorsqu'elle avait sa muflée, Delia ne dansait pas de cette façon. Une surprise pour Dolly Wilson, qui avait ôté ses chaussures de claquettes et s'apprêtait à danser avec Crane. Une surprise enfin, pour Ann, qui était cependant beaucoup moins surprise que les autres.

Quand l'orchestre s'interrompit, Crane regagna la table d'un pas relativement ferme, et tint la chaise de Delia, attendant qu'elle soit assise. Elle le regardait curieusement : « Tu n'es pas un si mauvais danseur, Arthur.

— Non, pas trop mauvais. »

Le garçon servit le champagne. Il remplit à moitié la coupe de Delia, mais elle le rappela à l'ordre : « En voilà une idée ! Frenchy me met au régime sec ou quoi ? » Il remplit alors la coupe à ras bord.

Ils burent et ils dansèrent. Ils burent encore. C'était une femme superbe, songeait Crane. « Tu es une femme superbe, dit-il.

— Je suis grande, bien bâtie, belle, dit-elle. Je suis schlass, aussi.

— Schlass ?

— Bourrée. Blindée. Paf. Ivre.

— Oh, schlass ? » Crane n'avait jamais entendu cette expression. Il la trouva excellente. « Le champagne me rend toujours schlass, dit-il.

— As-tu déjà essayé le mélange gin et laudanum ?

— Le gin et le laudanum me rendent toujours schlass.

— As-tu déjà essayé le mélange champagne et laudanum ?

— Non.

— Jamais le champagne et le laudanum, Arthur ?

— Non. Et toi ?

— Non. »

Sa robe noire était taillée de telle manière que, droite, la moitié de sa gorge était décolletée, et que, penchée en avant, au-dessus de la table, Crane pouvait constater l'absence de soutien-gorge. Delia remarqua l'intensité de son regard ; elle ne prit pas la peine de se redresser.

« Tu sais de qui je suis la petite amie, Arthur ?

— Bien sûr, de moi. »

Son rire était moqueur et guttural. Il remontait du fond de sa gorge. Il était très profond, comme si elle essayait de cracher un glaire.

« J'aimerais bien, dit-elle.

— Tu n'aimes pas Slats ?

— Il est régulier, mais il ne comprend pas les femmes.

— Je croyais qu'il te refilait par mal de blé.

— Ne fais pas le mariole !

— Je ne le fais pas.

— Je ne parle pas d'argent. »

Il acquiesça prudemment d'un mouvement de tête. Des gens dansaient près de leur table. Un noirpiaud chantait. « J'ai déjà entendu cette chanson... ». L'orchestre finit d'interpréter : « Star Dust ». Un serveur remplit leurs coupes. Que disait-elle déjà ? Ah oui. Elle disait qu'elle ne parlait pas d'argent.

« Toutes les femmes, même celles dans mon genre, désirent connaître l'amour, dit gravement Delia Young.

— Tu as déjà été amoureuse ? » demanda Crane.

Elle hocha sa tête rousse en signe d'assentiment.

« C'est agréable.

— Et comment ! » Elle se pencha vers lui ; il détourna pudiquement les yeux. « Mais ça fait très mal.

— Tu n'as pas dû tirer le bon numéro.

— Si je le pouvais, je tirerais le même.

— Et pourquoi pas ?

— Il est mort.

— Oh ! Comment s'appelait-il ? »

Elle le fixa avec insistance, de son regard violet. Sa peau avait la couleur et l'apparence lisse d'un lait très nutritif : le genre de peau qui était à la mode à l'époque de la « Gibson Girl ». Ses épaules étaient larges et belles.

« Si vraiment t'en as quelque chose à foutre, dit-elle, c'était Richard March. »

Crane glissa une formidable pointe d'incrédulité dans sa voix. « *Tu* le connaissais ? » Maintenant, il allait peut-être en savoir plus.

« Tu ne me crois pas, Arthur ?

— Qui suis-je pour douter de la parole d'une dame ?

— Arrête les frais. » Sa bouche rouge-vif était menaçante. « Je ne suis pas une dame, mais je connaissais Richard, et même très bien. »

Il essaya de la pousser à d'autres confidences. « Je parie que tu lui as écrit des petits mots doux.

— Aimerais-tu avoir la gorge tranchée, Arthur ?

— Non, dit-il. Je préfèrerais danser. »

L'orchestre interprétait « Sugar », et le trombone s'était lancé — pour son propre plaisir — dans une improvisation. Les autres musiciens noirs de l'orchestre, connaisseurs, souriaient de toute la blancheur de leurs dents et roulaient des yeux ronds.

Les danseurs se déplaçaient à toute vitesse autour de la piste, souriant eux aussi.

« Ça c'est du rythme, fit Crane.

— Tu n'étais pas venu avec la bande qui est partie ? » dit Delia.

Crane chercha l'endroit du regard et ne vit plus qu'une table vide. « Quelle bande ?

— Celle qui est partie, il y a une demi-heure.

— S'ils s'en sont allés, je n'en ai pas été prévenu. » Il essaya encore : « S'ils s'en fussent allés, je n'en aurais pas été prévenu. Je ne suis pas prévenu qu'ils s'en sont...

— J'ai pigé, Arthur, dit Delia.

— Ils m'ont plaqué, dit Crane.

— Eh bien, il est quatre heures du matin. »

La musique s'arrêta sur un dum-titi-dum-dum du piano ; les applaudissements crépitèrent ; les musiciens se retirèrent pour un court entracte. Delia et Crane revinrent à leur table. Crane appela le chef des serveurs.

« Combien dois-je pour la table, là-bas ?

— M. March a réglé, Monsieur. »

La main de Delia Young saisit violemment le poignet de Crane, le serrant jusqu'à l'os. Attendant le départ du serveur, elle dit de sa voix voilée :

« De quel March s'agit-il ?

— Peter March .

— Le cousin de Richard ?

— Lâchez-moi, Madame !

— Le cousin de Richard ?

— Oui.

— Un de tes amis ?

— Pas précisément. »

Apparemment satisfaite de sa réponse, elle lâcha son poignet et but une large rasade de champagne. Elle se versa une autre coupe.

« Comment occupes-tu ton temps libre ? demanda-t-il. Tu travailles chez un forgeron ?

— Je suis schlass » dit-elle. Elle semblait la première étonnée.

« Mon poignet ne sera plus jamais le même.

— J'ai l'impression d'avoir pris du plomb dans les tripes », dit-elle, s'adressant à personne en particulier. « Je me sens vidée.

— Je crois que l'os est cassé », dit Crane. Il essaya de remuer son bras.

« Richard March, dit-elle, la seule poire que j'aie jamais aimée. »

C'était enfin le moment d'en savoir plus sur le compte de Richard, jugea Crane. « Je suis fatigué d'entendre parler de Richard March », fit-il.

Les yeux de Delia brillèrent de colère. « Tu penses qu'il ne me regardait même pas, hein, Arthur ? » Elle saisit à nouveau son poignet. « Tu crois que *j'étais* la seule à écrire des lettres. Je vais te montrer. Viens.

— Où ?

— Chez moi, dans ma chambre.

— Que penseront les gens ?

— Ecoute... » Elle le regarda de travers, et éclata de rire : « Tu es bien le premier type que je dois *traîner* jusqu'à ma chambre.

— Je vous suis gentiment, Madame », fit Crane.

Il entra derrière elle dans un corridor faiblement éclairé, au parquet nu, par une porte cachée derrière le rideau rouge. Une autre porte, surmontée d'une lampe rouge, et un escalier de bois apparurent au bout du couloir. Sous la lumière rouge, deux nègres de l'orchestre fumaient des cigarettes de haschich. Au passage de Delia, leurs yeux luirent d'un éclat blanc-jaune. Un homme était embusqué dans l'escalier.

« Hello, Lefty », dit Delia.

Il lui barra le passage. « Que crois-tu pouvoir faire, Dee ? »

C'était la voix irréelle, métallique, sifflante du voleur. Crane se tapit dans la pénombre, en bas des marches.

« Tu es revenu, on dirait, dit Delia.

— Juste à temps », dit Lefty.

Elle voulut le bousculer pour pouvoir passer, mais il lui saisit le bras. « Que va dire Slats ? grogna-t-il.

— Je n'en ai rien à foutre.

— Tu devrais. » Sa voix résonnait comme celles des gens qui sont censés téléphoner dans les pièces, à la radio.

« Tu ne peux pas monter avec quelqu'un.

— Non ?

— Non. »

Elle le frappa. C'était un beau coup de poing, en plein

sur le cou, juste sur la pomme d'Adam. La tête de Lefty vola en arrière. Il se rattrapa à la rampe avec sa main droite. Elle monta d'une marche et le frappa à nouveau. Il tomba.

« Viens », dit-elle.

Crane enjamba Lefty. Il était sur le dos, le visage éclairé par la lumière rouge, un bras replié sous lui. Il fixait Crane de ses yeux grands ouverts, mais il ne bougeait pas. Son cou avait l'air curieusement courbé. Des gouttes de sang coulaient de sa bouche.

Un des nègres fit : « *Bing !* »

L'autre le reprit : « *Bing !* et *Bing !*

— Alors, tu viens ? » s'impatienta Delia Young.

9

A l'étage, un tapis vert courait tout le long du couloir. Plusieurs portes. Une odeur déplaisante d'encens et de parfum bon marché. Delia Young entra dans l'avant-dernière chambre sans même vérifier si Crane la suivait.

« Ferme la porte » lui dit-elle, par-dessus son épaule.

De toute évidence, les meubles de la chambre avaient été achetés dans un grand magasin. Vitrine nº 3 : modernes et verts. Un canapé bas, cousu dans une matière semblable à de la toile de jute verte accueillait trois coussins de couleur marron et absinthe. Le pâle tapis recouvrant le plancher avait la teinte de la crème d'épinards. Les sièges de deux chaises laquées blanc étaient tapissés de la même toile de jute verte — du moins, si c'était bien ce tissu — que le canapé.

Delia avait disparu dans une pièce adjacente. A côté d'une bibliothèque garnie de romans aux couvertures multicolores, se trouvait un petit buffet blanc. Il dénicha une bouteille de whisky, de l'eau de Seltz, et deux verres. Il se servit un whisky.

« Sers m'en un aussi » cria Delia.

Il lui en servit un, puis s'assit sur le canapé. Le cou de Lefty l'inquiétait un peu. S'il abritait un cou d'acier — à cause d'une blessure par balle, peut-être — et si le coup de poing de Delia l'avait déplacé, Lefty mourrait probablement étouffé. Delia l'avait-elle délibérément frappé au cou ? Il ne se sentait plus si à l'aise en sa compagnie. Il but une gorgée de whisky.

Il avait presque terminé son verre, lorsqu'elle réapparut. Elle avait revêtu son pyjama de soie noire, sur lequel, à la hauteur du sein gauche étaient brodées ses initiales D.Y. Elle portait au poignet un bracelet de diamants.

Elle prit son verre et s'assit près de lui sur le canapé, touchant sa cuisse du coude. Elle s'était parfumée avec « Chypre » et avait souligné ses yeux de mascara violet.

« Je t'aime bien, Arthur, dit-elle.

— Je l'espère. Je détesterais que tu me balances un coup de poing.

— Lefty l'avait cherché !

— Ne préviendrait-il pas Slats ?

— Non. Ce macaque me fait du plat depuis des mois. Il sait très bien ce que *je dirais* à Slats, s'il me cherchait des crosses. »

Comme elle se penchait vers lui, une fente se forma entre deux boutons de sa veste pyjama, laissant découvrir la peau blanche de son ventre. En bas du couloir, retentit le rire hystérique d'une femme. Elle finit son whisky.

« Tu veux un vrai remontant ? proposa-t-elle.

— Laudanum ?

— Ouais. Une goutte dans ton prochain whisky.

— Je suis schlass, déjà.

— Je ne crois pas que ça t'envoie dans les vapes, Arthur.

— D'accord. »

Elle lui tapota la cuisse, et s'approcha du buffet. On frappa à la porte. Crane fit un mouvement pour se lever. « Non », dit-elle. Elle entrebâilla la porte. Il entendit une voix masculine chuchoter.

« Et puis quoi encore ? » fit Delia Young.

L'homme chuchotait toujours.

« Va te faire foutre, bouffeur de grenouilles. » Delia claqua la porte. « Frenchy Duval pense que tu ne devrais pas être ici.

— Il a peut-être raison.

— Je suis majeure, non ? »

C'était d'autant plus évident que l'un des boutons permettant une vue plongeante sur son ventre s'était dégrafé. Elle revint et lui tendit son verre. « Essaye ça, Arthur. »

Il essaya. C'était horrible. Il eut l'impression d'avaler un médicament pour la toux, ou pire encore du formol. C'était vraiment abominable. Il fit cul sec.

« Pas mauvais ! » dit-il.

Ses yeux pourpres étaient surpris. « Dis, Arthur, tu peux encaisser ça ?

— Bien sûr, dit-il. Pas ton petit copain ?

— Qui ?

— Slats.

— Cette mauviette. » Elle rit, lui donnant une tape sur la cuisse. « Il ne boit que du champagne, et encore, très peu. C'est un homme d'affaires.

— C'est pourtant un dur ?

— Je ne sais pas. » Son regard était devenu méprisant. « Il a reçu des coups du vieux Simeon March, et il ne s'est même pas rebiffé. »

Crane était très intéressé : « Comment ça ? »

Delia le lui raconta. Six ans plus tôt, Slats avait essayé de rentrer dans le droit chemin. Il avait obtenu, à la retraite du précédent titulaire, l'exclusivité de la vente pour l'Etat, des machines à laver et des réfrigérateurs March. Son affaire tournait bien, lorsque Simeon March, apprenant qu'il avait fait de la prison, le flanqua à la porte.

« Il est parti sans faire d'esclandre, la queue entre les jambes, dit-elle. Il avait sincèrement fait l'effort de se réinsérer.

— Pourquoi était-il allé en prison ? demanda Crane.

— Trafic de drogue.

— Depuis, il a refait la culbute, n'est-ce pas ? »

Elle goûta la boisson, fit une grimace. « Un an, pour fraude fiscale. Il a été relâché il y a deux ans, en été. »

Crane était ravi. Cela collait parfaitement avec les billets trouvés dans la maison de Richard. Il se demanda si Slats était au courant. Le meurtre aurait eu alors un double mobile : la trahison de Delia et la vengeance contre Simeon March.

« Il n'aime pas la famille March ? lança-t-il au hasard.

— Tu ne sais même pas la moitié de cette histoire. »

La moitié de cette histoire se révéla extrêmement instructive. Après que Donovan ait été viré par Simeon March, Talmadge March, le Docteur Woodrin et lui s'associèrent pour ouvrir une boîte de nuit. Woodrin et Talmadge mirent chacun huit mille dollars dans l'affaire : Donovan devait la gérer. Woodrin y participait parce qu'il voulait s'enrichir ; Talmadge parce qu'être le patron d'une boîte de nuit l'amusait.

La boîte était ouverte depuis une semaine quand John March découvrit que Talmadge avait une part dans l'affaire. Il le rapporta à Simeon March qui obligea son neveu à cesser sa participation.

« Un March ne pouvait pas participer à une affaire de ce genre », commenta Delia.

Le retrait de Talmadge diminua le capital, et l'affaire périclita. Donovan en devint très amer, dit Delia. Il a finalement obtenu l'accord d'un joueur de Chicago pour entrer dans une autre boîte, et il a gagné beaucoup d'argent. Mais il hait encore Simeon March ; il a déjà parlé de le tuer.

C'est joliment bon, songea Crane. Voilà qui désignait Donovan, et encore plus Talmadge March. Ce dernier a pu assassiner Richard à cause d'Alice March, et John parce qu'il avait fourré son nez dans ses affaires. Naturellement, chaque nouvelle mort lui rapportait encore un peu plus d'argent. De plus, il essayait de détourner les soupçons sur Carmel, avec l'odeur de gardénia.

« Et Woodrin ? demanda-t-il.

— Il a perdu son pognon. Il était presque aussi ulcéré que Slats. »

Pas étonnant que Slats soit furieux, songea Crane. D'abord Simeon March le prive d'un travail régulier ; ensuite

John March bousille son entreprise naissante ; enfin, Richard March lui pique sa petite amie — quoique ça, il ne l'a peut-être pas su.

« Slats hait-il tous les March ? » demanda-t-il, essayant d'approfondir cette piste.

« Uniquement Simeon.

— Si c'est un vrai dur, je pense qu'il aura Simeon.

— Ce n'est pas un vrai dur, Arthur, je te l'ai déjà dit. Il est mou ; une vraie guimauve. »

On frappa à la porte. « Ouais ? » dit Delia. Un homme au teint blafard, portant une petite moustache noire, ouvrit la porte. « Hello, Frenchy, fit Delia. Je te présente mon ami, Arthur. Frenchy Duval. »

Frenchy semblait inquiet. « Ecoute Delia », dit-il, ignorant la présence de Crane. « Cette boîte commence seulement à rapporter de l'argent.

— Et alors ? dit Delia.

— Alors, on ne veut pas de coups de feu. Ça nous donnerait une mauvaise réputation.

— Qui tire des coups de feu ?

— Si jamais Slats savait...

— Il ne le saura pas, dit Delia.

— C'est la ruine pour nous, s'il s'amène », dit Frenchy.

Delia éclata d'un rire rauque. « Tu n'effraieras pas Arthur de cette façon, Frenchy.

— Oh si », dit Crane.

Delia ne fit pas attention à lui. « Fiche le camp, Frenchy », dit-elle...

Frenchy ferma la porte.

« Je crois que je vais y aller, dit Crane.

— Dans les vapes ?

— Tu paries ? »

Il se leva. Son verre était rempli de whisky. Il le dosa avec du laudanum et avala la mixture. « Adieu. » L'alcool lui racla la gorge.

Delia regarda le verre vide. « Mec ! Tu bois comme Richard.

— Richard March ?

— Et qui d'autre ?

— Il ne t'a jamais délaissée ?

— Tu ne voudrais pas que je te fasse de mal, hein, Arthur ?

— Non.

— Alors, ne joue pas les petits malins.

— Je ne joue pas les petits malins. Je sais seulement que Richard aimait une autre fille.

— Ouais ?

— Ouais. Carmel March. »

La réaction de Delia fut parfaite. « Où as-tu entendu parler de ça ?

— Oh, dans le coin.

— Dans le coin, hein ! » Elle vida son verre d'un trait. « Alors là ! Quelle foutaise ! » Elle jeta son verre à l'une des extrémités de la chambre. Les éclats émirent un bruit tintinnabulant en tombant sur le plancher ; le résidu au fond du verre laissa une tache sur le mur. « Bien, laisse-moi te dire une chose à son sujet.

— Vas-y.

— Richard n'allait pas avec elle parce qu'il la voulait.

— Non ?

— Il avait peur d'elle. »

Crane lui décocha une œillade, qu'il espérait pleine de sous-entendus.

« C'est peut-être l'explication qu'il t'a donnée.

— Peut-être, Arthur. Mais il m'a dit la vérité. »

Crane avait du mal à garder ses yeux ouverts.

« Je voulais la rosser, mais il m'en a empêché ! dit Delia. J'aurais réglé ça en une minute. Mais, d'après lui, il contrôlait la situation.

— Il semblait que non, finalement.

— Que veux-tu dire ?

— Eh bien, il est mort, non ?

— Bien sûr, mais... » La main de Delia, le tenant juste au-dessus du coude, pinçait violemment sa peau. « Dis ! Tu n'essaies pas de me raconter qu'elle...

— Quelqu'un l'a supprimé... »

Pendant trente secondes, Delia ne réagit pas. Quand elle parla, sa voix n'était plus qu'un sifflement rauque. « Comment le sais-tu ?

— Quelqu'un a inondé l'intérieur de la voiture d'oxyde de carbone, pendant qu'il y était. »

Elle lui serrait le bras si fort qu'il avait envie de hurler. « A-t-elle pu...

— Je ne sais pas. » Il la regarda bien en face. « Il y avait une odeur de gardénia sur son corps. Son parfum. »

Elle écarquillait ses grands yeux pourpres.

« Evidemment, Slats peut l'avoir tué ! » fit-il.

Elle ôta la main de son bras, se renfrogna à cette idée : « Ce devait être elle... Slats m'en aurait parlé... Dis donc ! Comment en sais-tu autant, Arthur ?

— Je traîne dans le coin.

— Je t'ai posé une question », reprit-elle, l'air mécontent.

Crane lui sourit.

« Je vais te cogner, petit malin. »

Ses yeux étaient remplis d'une froide colère, et sous son pyjama de soie noire, ses seins se soulevaient au rythme rapide de sa respiration. Elle s'écarta légèrement de lui.

« A ta place, je ne le ferais pas » dit-il.

Soudain, elle cessa de se préoccuper de lui. Elle tendait l'oreille pour saisir quelque chose. Elle sourit. « O.K., dit-elle.

— C'est bon. » Il la contourna pour gagner la porte. « Adieu. »

Son comportement était curieux. « Ne nous quittons pas fâchés, Arthur. » Elle souriait, mais d'un mouvement machinal des lèvres. Elle semblait toujours épier quelque chose. « Buvons un autre verre. » Elle lui attrapa le bras.

« Je dois partir. »

On entendit un bruit de pas dans le couloir. Son visage prit soudain une expression féroce de triomphe. Elle se serra contre Crane. « Chéri », dit-elle.

Qu'est-ce que c'est que cette plaisanterie, pensa-t-il, lorsque la porte s'ouvrit. « Que se passe-t-il ici ? » fit une voix d'homme.

Vêtu d'un smoking, l'homme avait la carrure d'un boxeur professionnel : des épaules larges, une poitrine robuste, une taille mince. Il mesurait un mètre quatre-vingt-dix et pesait environ cent kilos. Il avait des yeux bleus-blancs, et un visage grêlé.

« Slats ! » Delia semblait terrorisée.

L'homme entra dans la pièce, suivi de Frenchy Duval, Lefty, et de deux autres types. Il marcha sur Delia et l'écarta de Crane. Puis il se tourna vers lui.

Delia s'interposa. « Ne le tue pas, Slats, cria-t-elle. S'il te plaît, non ! »

C'était une pièce de théâtre. Crane savait que c'était une pièce de théâtre. Une excellente pièce de théâtre. Mais laquelle déjà ?

Slats écarta une nouvelle fois Delia. Elle se battit avec lui. Dans la mêlée, Slats frappa violemment Crane d'un coup de coude au visage.

« Je n'y suis pour rien », dit Crane.

Slats secoua ses épaules et envoya Delia voler sur le canapé. Dans le même temps, son coude frappa encore le visage de Crane. Il dit à Delia : « Ne te fiche pas de moi, veux-tu ? »

Crane le frappa sous l'oreille, à la jonction du cou et de la mâchoire. Il eut à la main une douleur si grande, qu'il fut certain de s'être cassé une phalange. Donovan le contempla avec surprise, comme s'il ne l'avait jamais vu avant. Le coup ne l'avait même pas égratigné.

L'un des types avait des dents en or. Il demanda : « On

lui casse la gueule, Slats ? ». C'était le barman du « Chat Cramoisi ».

Slats roula les épaules et Crane s'apprêta à esquiver le coup. Il dit : « Merde, je sors de chez la manucure. » Il désigna Crane aux autres d'un mouvement de tête : « Tenez-le bien… Je peux avoir à lui parler. » Il ramassa Delia Young et la porta dans la pièce voisine.

Les quatre hommes avancèrent sur Crane. Le type aux dents en or braquait un revolver. Crane dit : « Ne vous en faites pas, je vous accompagne.

— Et comment, mon pote, dit l'homme. Et comment ! »

10

La chambre n'était occupée que par un lit à deux places. La fenêtre était munie de barreaux, la porte fermée à clef. Le plancher était nu, il y avait juste une ampoule au plafond. Crane s'assit sur le lit et chercha les articulations de ses doigts. Il se mit à réfléchir sur la suite des événements.

Naturellement, Slats n'oserait pas l'abattre : il ne commettrait pas un crime de sang-froid. Malgré tout, il se trouvait en très mauvaise posture. Slats pouvait le frapper ou laisser les autres le matraquer. Cela ne serait pas très plaisant. Il était un peu effrayé, et regrettait de ne pas avoir de revolver.

La porte s'ouvrit et deux hommes entrèrent dans la pièce. L'un d'eux était le barman aux dents en or. « Comment te sens-tu, mon pote ? demanda-t-il.

— Je voudrais un verre d'eau.

— Bien sûr, mon pote. »

Il sortit. Son compagnon était plus jeune. Il avait des cheveux noirs lissés et un costume vert. « As-tu besoin d'autre chose, mon pote ?

— Puis-je avoir une cigarette ?

— A ton service, mon pote. »

Il donna à Crane une cigarette. Il gratta une allumette et la lui tendit. Le barman revint avec un verre d'eau. Il le remit à Crane. Tous les deux le regardèrent boire.

« Ça va, maintenant ? demanda le jeune homme en vert.

— Je crois, oui, dit Crane.

— C'est très bien, mon pote, dit le barman.

— Ouais, la plupart de tes prédécesseurs se sentaient

plutôt mal, confia l'autre.
— Peut-on encore t'aider ? dit le barman.
— Je ne pense pas.
— Toujours à ton service, mon pote », dit le type en vert.
Ils sortirent. Crane commençait à avoir vraiment peur. S'ils l'avaient un peu dérouillé, il n'aurait pas eu peur. Mais ils étaient gentils avec lui. Ça n'était pas normal. C'est cela qui l'effrayait. Slats n'oserait tout de même pas le tuer.
Il se leva, frappa à la porte, puis retourna s'asseoir sur le lit. Le barman ouvrit.
« Quand verrai-je Slats ? lui demanda Crane.
— Bien assez tôt.
— Je voudrais le voir tout de suite.
— Mon pote, tu ne sais pas ce que tu dis. »
Le jeune homme se tenait au pas de la porte. « Tu n'apprécies pas ta cigarette ?
— Bien sûr. Mais...
— Alors, mon pote, fais la durer très longtemps. »

Crane resta sur le lit pendant près de dix minutes. Quelque part en bas du couloir, une femme sanglotait. Sans doute Delia Young, songea-t-il. Il aurait préféré ne l'avoir jamais rencontrée. Il pansait comme il pouvait sa phalange brisée et regrettait toujours de ne pas avoir de revolver. Maintenant, il avait très peur.
Slats Donovan pénétra dans la pièce, suivi de deux hommes à la mine sombre. « Dehors ! » leur dit-il.
Les types sortirent, et Slats s'assit en travers du lit, en face de Crane. « Bavardons un peu, tous les deux.
— A quel propos ?
— A propos de ce que tu faisais avec ma petite amie.
— Je lui parlais. »
Le comportement de Donovan était empreint de solennité. « Delia m'a dit que tu avais quelque chose de précis

en tête.

— Si elle l'a dit, c'est que c'est vrai.

— Ce n'est pas un mensonge, dit Donovan d'un ton grave.

— Quoi donc ? Que j'avais quelque chose de précis en tête ? demanda Crane.

— Je vais devoir te tuer.

— La vérité c'est que... » Il fallait qu'il cesse de s'humecter les lèvres. Il avait la gorge sèche, tellement il était effrayé : « Je voulais questionner Delia à propos de Richard March. »

Donovan avait un long visage émacié. Sa peau rugueuse était si profondément grêlée, que l'on aurait pu croire qu'il avait été touché par une explosion de shrapnel. Mais le trait le plus remarquable en étaient les yeux : bleus-blancs, comme un lait étendu d'eau. Comme les yeux de verre d'une poupée à dix sous. Tout le temps qu'ils surveillèrent Crane, ils ne cillèrent jamais.

« Tu as raconté à Delia que Richard March avait été assassiné, reprit-il.

— Oui. Quelqu'un a répandu de l'oxyde de carbone dans sa voiture.

— Comment le sais-tu ? »

Crane ne répondit pas.

« Pourquoi questionnais-tu Delia sur Richard March ?

— Pourquoi ne le lui demandez-vous pas ?

— Eh, les gars ! » cria Slats.

Le jeune homme imberbe et le barman attendaient dans le couloir. Donovan s'adressa au barman.

« Pete, ce monsieur ne veut pas parler.

— C'est pas gentil, dit Pete.

— Tu peux peut-être le persuader ?

— Tu veux qu'on s'amuse un peu avec lui, Slats ? dit le jeune homme.

— Il est à moi, dit Pete.

— Mais tu viens juste de t'amuser avec Lefty.

— Ça ne compte pas, dit Pete. Lefty ne compte pas.

— Dépêchez-vous les gars » dit Slats. Il prit un cigare dans sa poche, en coupa le bout avec un canif à manche de nacre.

« Viens mon pote, dit Pete à Crane. Debout !

— Ne vous fatiguez pas, fit Crane. Je vais parler.

— C'est bon, les gars, dit Donovan. Sortez. »

Crane évoqua son boulot chez « March and Company », et raconta comment il s'était installé dans la maison de Richard. Il relata l'épisode du vol des lettres par Lefty.

« Ce vol a éveillé ma curiosité, dit-il. Aussi, j'ai voulu reconstituer les lettres déchirées. »

Il en vint à la découverte de la maison de February Lane et à sa poursuite de la voiture de Delia et Lefty. Il précisa que leur souci anormal de lui échapper l'avait rendu soupçonneux et, mentant délibérément, il ajouta qu'il avait alors examiné la voiture de Richard.

Il était impossible de lire dans les yeux bleus-blancs de Donovan, s'il croyait ou non que Crane disait la vérité. Il était impossible de déterminer s'il avait déjà connaissance de la liaison de Delia et Richard, ou s'il l'apprenait seulement et était donc en colère.

Crane continua de mentir : « J'ai découvert qu'un tuyau de caoutchouc avait été fixé au pot d'échappement de la voiture. Ce qui est la preuve évidente de l'assassinat de Richard.

« Je ne pige pas, dit Dovovan.

— On place le tuyau dans la voiture, en laissant les vitres fermées. Le conducteur ne le voit pas ; il démarre le moteur, et, en un rien de temps, il est mort. Vous savez, ce gaz est inodore.

— C'est très ingénieux. » Le long visage de Donovan était songeur. « J'aurais dû trouver ça tout seul. » Il regarda soudain Crane. « Tu n'as quand même pas pensé que c'était moi, non ?

— J'ai pensé que peut-être vous étiez furieux, parce que

Richard avait séduit Delia pendant que vous étiez en... parti un an.

— En prison, dit Donovan. Une année en prison. » Il avait réduit en bouillie le cigare dans le creux de sa main. Il contempla avec surprise les morceaux de tabac, et les jeta sur le plancher. « J'ignorais tout de la maison de Brookfield, dit-il. Mais je n'aurais pas tué Richard de cette façon.

— Je n'en étais pas sûr.

— Tu l'es maintenant ?

— Oh oui, dit Crane. Mais Lefty a tiré sur moi ; comme j'ai appris qu'il était le garde du corps de Delia, j'en ai naturellement...

— Lefty ne te tirera plus jamais dessus, dit Donovan.

— Très bien. »

Les yeux laiteux de Donovan examinèrent Crane. « C'est une idée ingénieuse d'utiliser l'oxyde de carbone. Cela doit passer pour un accident dans la plupart des cas, non ?

— Dans le cas de Richard, assurément.

— En fait, tu es le seul à Marchton à avoir compris que sa mort n'était pas accidentelle ?

— Oui.

— C'est une chance... pour moi.

— Que voulez-vous dire ?

— Tu n'en parleras à personne.

— Et pourquoi pas ? »

Les yeux pâles de Donovan scrutaient le visage de Crane. « Dans dix minutes, tu ne parleras plus jamais à personne. » Son visage était menaçant.

— Vous plaisantez ! dit Crane.

— Tu crois ? »

Un brouhaha s'éleva dans le couloir. La porte s'ouvrit et Frenchy Duval entra dans la chambre. Il levait les bras en l'air. Derrière, Williams lui braquait un revolver sur la nuque. Pete et le jeune type imberbe suivaient, le pistolet automatique pendant au bout du bras. Et derrière eux, encore, Ann Fortune.

« Bill ! » dit-elle, lorsqu'elle vit Crane. « Tu vas bien ?

— Bien sûr. »

Williams déclara au type imberbe : « Tu tires, pourri, et ce flingue part aussitôt. » Il s'adressa à Donovan : « Tu ne voudrais pas que la cervelle du Français se répande sur ton plancher, pas vrai ? »

Le jeune homme imberbe avait l'air indécis.

« Que décides-tu, Slats ?

— Rengainez vos flingues », dit Donovan. Son visage était impassible.

Les deux hommes rengainèrent leurs pistolets, mais Williams continuait de braquer le sien sur la nuque de Frenchy. Ann courut vers Crane.

« Tu vas bien, vraiment ?

— Ça va. »

Le visage jaunâtre de Frenchy Duval avait pris la teinte du navet. Il dit : « Je n'ai rien pu faire, Slats. Ce type m'a agrafé près du bar.

— N'y pense plus, dit Donovan. Nous sommes tous des amis.

— Ouais ? » fit Williams.

Crane était content de voir Ann, parce qu'il était sain et sauf bien sûr, mais aussi parce que sa présence ici révélait qu'elle n'était pas trop fâchée contre lui. « Voici ma petite femme » dit-il à Donovan.

— Très heureux de faire votre connaissance, répondit Donovan.

— Je crois que ce serait bien, si on rentrait à la maison », dit Ann.

Crane l'accompagna jusqu'à la porte. « Bonne nuit », fit-il.

Dehors, Frenchy Duval suppliait : « Je vous en prie, ne me tuez pas.

— Très bien, Franchouillard, file », dit Williams.

Frenchy Duval prit ses jambes à son cou. Ils montèrent dans la limousine. « Où va-t-on ? demanda Williams.

— Où se trouve la voiture de Richard ? dit Crane.

— Au garage de l'Union. Il la gardent en attendant de régler définitivement les problèmes d'héritage.

— Allons-y. »

Le jour pointait déjà, lorsqu'ils arrivèrent au garage et persuadèrent le veilleur de nuit de les laisser inspecter la voiture de Richard. C'était une grosse voiture, de couleur crème. « V's'avez proj'té de l'acheter ? demanda le gardien.

— Oui, dit Crane. Ça vous ennuie si on jette un coup d'œil ?

— Non, allez-y. » Le gardien les laissa seuls. Crane examina le système de chauffage, le trouva en parfait état de fonctionnement. Williams, observant par-dessus son épaule, confirma : « Pas de fuite par là.

— Il doit bien y avoir quelque chose, fit Crane. Sinon, j'ai menti à Slats Donovan.

— Et ça te dérangerait beaucoup ? demanda Ann.

— J'ai toujours détesté mentir », mentit Crane.

Il s'agenouilla près du pare-choc, laissa courir son doigt sur le bord du pot d'échappement. C'était gluant. Il porta son doigt à son nez, puis allongea le bras vers Ann. « Sens ! dit-il.

— Du caoutchouc !

— Absolument. » Il les entraîna vers leur voiture. « C'est la preuve que Richard a été assassiné. Le pot d'échappement a chauffé contre le tuyau, faisant fondre un peu le caoutchouc. Maintenant, si nous trouvons une anomalie semblable sur la voiture de John, nous serons sûrs que le billet de Carmel, à propos de suicide, est un faux. »

Williams mit la voiture en route. « Entrons en douce dans le garage de Carmel. C'est là qu'est la voiture de John. »

Se faufilant le long de la haie qui sépare les propriétés de Richard et de Carmel, ils s'approchèrent du garage par l'arrière. Williams n'éprouva aucune gêne à sortir son passe-partout de sa poche pour ouvrir la porte latérale. Il y avait à l'intérieur du garage une décapotable verte, un intervalle pour une voiture, et une grosse conduite intérieure.

« La grosse bagnole était à John » chuchota Williams.

Crane s'agenouilla et passa ses doigts sur le pot d'échappement. Il renifla un de ses doigts, hocha la tête, se leva.

« Caoutchouc ? » demanda Ann.

Crane acquiesça gravement de la tête. Williams murmura : « Alors, il s'agit bien de deux meurtres. »

11

C'était probablement la pire gueule de bois que William Crane ait jamais eue de sa vie. Il lui fallut quarante minutes pour prendre un bain et se vêtir d'un costume gris à chevrons. Il descendit d'un pas mal assuré et rejoignit au salon Williams et Ann, qui bavardaient auprès d'un grand feu de bois. Sur la table, l'attendait une boisson remontante à base de jus de tomate.

« Il est temps que tu te lèves, dit Ann. Il est dix heures.

— Du matin ou du soir ?

— Du soir. Tu as dormi quinze heures. »

Williams lui sourit : « Tu es sûr d'être encore en vie ?

— En tout cas, je ne suis pas un cadavre, fit Crane. Un cadavre est encore plus en vie que moi. »

Il porta le verre de jus de tomate jusqu'au divan bleu et s'étendit, le visage tourné vers les flammes, en prenant soin de ne pas avoir la lumière dans les yeux. Il glissa sous sa tête un coussin de satin.

« Ann me racontait que cette poulette, à la boîte de nuit, Dolly, avait pris Peter pour John March, dit Williams.

— Je suppose qu'il y avait une certaine ressemblance entre eux, dit Crane. Les frères ont souvent des traits communs.

— Je me demande s'ils avaient des voix identiques, reprit Williams.

— Je ne sais pas. » Crane porta le verre de jus de tomate à sa bouche, mais il tremblait tellement que le verre et ses dents s'entrechoquaient. « C'est important ? » Un peu de liquide rouge coula le long de son menton.

« Peut-être, répondit mystérieusement Williams. Peux-tu faire venir Peter ici, cette nuit ? J'aimerais que Jameson le voie.

— L'agent immobilier de Brookfield ? » s'enquit Ann.

Williams acquiesça. Crane dit : « Je mettrai la main sur Peter. De toute façon, il avait certainement l'intention de venir ici. » Le bord du verre heurtait si violemment ses dents qu'il commença à se tracasser. Il ne voulait pas avaler d'éclats.

« Veux-tu une paille ? » demanda Ann.

Il fit un signe de tête négatif. Il posa le verre et dénoua sa cravate. « Comment s'est produite la mort de John, à ton avis ? » demanda Williams.

Crane passa la cravate autour de son cou, à la manière d'une écharpe. « Je crois que quelqu'un le maintenait pendant que le gaz se répandait. » Il introduisit son bras droit dans l'écharpe improvisée et s'empara du verre de jus de tomate.

Ses deux compagnons étaient partagés entre le désir de l'entendre poursuivre son récit et celui de lui demander des explications sur son étrange comportement. « Mais comment a-t-il pu faire ? » questionna Ann.

De sa main gauche, Crane arrangea sa cravate de manière à ce qu'elle enserre son poignet droit. « J'imagine que le type a recouvert le visage de John d'une sorte de cagoule, pour qu'il ne hurle pas, et qu'ensuite il l'a emprisonné dans une toile, un filet de pêche, ou un truc du même genre. » Il porta le verre à ses lèvres, tenant la cravate constamment tendue à l'aide de sa main gauche.

« Mais que fais-tu, bon sang ? » demanda Ann.

Williams était de l'avis de Crane : « Alors, le type a fait s'épandre le gaz du pot d'échappement à l'intérieur de la voiture.

— Mais pourquoi n'a-t-il pas simplement frappé John à la tête et fait s'échapper le gaz quand il était inconscient ? » objecta Ann.

Crane inclina son poignet, et but. L'écharpe improvisée

maintenait sa main ferme. « L'assassin ne voulait pas laisser de traces de coups sur la tête de John. » Il finit la boisson, démonta l'écharpe et posa son verre.

« Quelle importance ? Il aurait pu s'être cogné en tombant, dit Williams.

— Non, dit Crane. Pas s'il y avait eu du sang. Un médecin-légiste aurait pu faire analyser le sang et préciser si la blessure avait précédé ou suivi la respiration du gaz.

— Je saisis, dit Ann. L'assassin ne voulait pas courir le risque d'une autopsie.

— Evidemment, ce n'est qu'une théorie, chérie.

— Ne m'appelle pas chérie, dit Ann. Pas dans l'intimité. »

Williams éclata de rire et passa dans l'office des domestiques chercher du whisky.

« Tu es toujours fâchée contre moi ? demanda Crane.

— Non. » Sa voix était glaciale.

« J'en suis bien content. Parce que cette robe est très belle. On dirait qu'on t'a modelée dedans. Tu sembles si... comment dire, onduleuse. Et la couleur... pareille à celle des bonbons anglais à la menthe que je mangeais, quand j'étais môme. »

Elle sourit. « Elle vient de chez Schiaparelli. Ils appellent cette couleur « Rose shocking ».

— Chérie, je ne la trouve pas shocking du tout.

— Bill, pourquoi ne fais-tu rien pour ces gens ? » La voix d'Ann n'était plus si amicale.

« Je ne me sens pas bien. J'ai la gueule de bois.

— Voilà tout ce que tu sais faire... boire et avoir la gueule de bois, dit-elle. C'est pourtant terrible : deux March morts déjà, et un autre qui va peut-être subir le même sort.

— Chérie, il y a toujours des morts dans une affaire criminelle.

— Mais ces gens... Ils sont bien. Ce ne sont pas des gangsters. On les tue de sang-froid. J'ai peur... Ce gaz étrange qui étouffe les gens, les uns après les autres, pendant que toi... » Elle s'interrompit brutalement. « C'est ça, souris.

— Je ne souris pas. »

Ses yeux verts étaient immenses et graves. « L'assassin me terrifie, aussi. La nuit dernière, j'ai rêvé qu'un homme horrible, au visage livide, fixait un tuyau sur le pot d'échappement d'une voiture.

— Ann, tu vas trop au cinéma.

— Ça ne change rien. J'ai peur. Je sens que le danger nous guette. Et je ne comprends pas pourquoi les March ne sont pas terrorisés.

— Ils paraissent très calmes... Parce qu'ils croient toujours que les morts sont accidentelles, je suppose.

— Toi, tu ne crois pas que ces morts sont accidentelles, et tu es calme. »

Son menton était ferme, ses yeux rétrécis. « Tu es un incorrigible flemmard.

— Mais, Bon Dieu, ma petite dame, dit Crane. J'ai travaillé. Ne veux-tu pas faire entrer cela dans ta petite tête, au lieu de crier.

— Je suppose que tu fais allusion à ta saoulographie ? » Elle était vraiment en colère. « Ou à ta propension à courailler.

— Je suis blessé à la main, et on m'a presque tué » dit Crane, maussade.

Beulah entra dans la pièce : « Ils vous attendent, Miss Ann. »

Ann attrapa son manteau de caracul noir, et déclara avec violence : « J'aurais préféré que mon oncle ne m'envoie pas en mission avec un ivrogne. » Elle se dirigea vers la porte.

« Où vas-tu ?

— Accomplir un peu du travail que tu es supposé faire. »

Il la regarda quitter la pièce. Il entendit le bruit d'une

voiture, qui démarrait devant la maison. Cinq minutes après, Williams, dans son uniforme noir de chauffeur, entra dans le salon, tenant à la main une bouteille de whisky.

« Tu prends un verre ? »

Crane refusa d'un signe de tête. « Où va Ann ? »

Williams l'ignorait complètement. Il se versa à ras-bord un verre de whisky.

« Elle t'a énervé ?

— Non.

— Tu parles ! » Williams lampa la moitié de son verre. « Waaah ! De la bonne camelote. » Il s'assit sur une chaise en face de Crane, posa son pied sur la table vernie. « Quand même, je crois qu'elle t'aime bien.

— Bien sûr » dit Crane, amer.

« Après tout, tu as fait du bon travail, la nuit dernière. » Williams alluma une cigarette et jeta l'allumette éteinte sous le canapé de Crane. « Et elle est venue avec moi à ton secours. Très peu de femmes en auraient fait autant.

— Qu'elle aille au diable », dit Crane.

Discutant des meurtres, ils s'accordèrent pour estimer que Donovan avait le mobile le plus valable. Il pouvait avoir tué Richard à cause de sa liaison avec Delia, et John March parce qu'il avait fichu en l'air son projet de boîte de nuit. Ils estimèrent aussi tous deux que s'il avait dû assassiner quelqu'un, il s'en serait pris plus probablement à Simeon March. Le vieillard ne l'avait-il pas humilié lors de son essai de réinsertion sociale ? De toute façon, Williams ne pensait pas qu'il aurait utilisé le gaz pour tuer.

« C'est bien trop subtil pour un gangster, confirma Crane. Il semblait d'ailleurs montrer un drôle d'intérêt aux propriétés criminelles de ce gaz, comme s'il n'y avait jamais réfléchi auparavant. »

Le téléphone sonna. Crane prit l'écouteur. Une voix rauque fit : « Tu aimes ta femme ?

— Ma quoi ?

— Ta femme, abruti.
— Oh oui, ma femme.
— Si tu veux la conserver, barrez-vous tous les deux à New York. »

Il sentit passer un frémissement dans sa chair. « Pourquoi ?

— T'occupes pas pourquoi, petit. » Le timbre de sa voix était assourdi, comme si l'homme s'était mis un mouchoir sur la bouche.

« Si tu crois que je plaisante, jette un coup d'œil sur ton canard. »

Williams sortit précipitamment acheter un journal. Il revint à la maison très excité et jeta le journal en travers de la poitrine de Crane. La manchette, en première page, annonçait : « UN JOUEUR ASSASSINÉ ».

Juste en dessous, était reproduite la photo d'un jeune type maigre, un feutre rabattu sur les yeux. La légende indiquait : « Le corps découvert à Willow Creek a été identifié comme étant celui de Charles (« Lefty ») Dolan, un joueur notoire de notre ville. »

« Le type qui vadrouillait en bas de l'escalier, dit Williams. Le type à la voix caverneuse.

— Partons, fit Crane.
— Où ?
— Vérifier si Slats s'est aussi débarrassé de Delia. »

Ann sourit à Peter March à travers les coupes de champagne, songeant qu'il était le parti de vingt millions de dollars le plus séduisant, avec qui elle soit sortie. Ils étaient retournés au « Chat Cramoisi », à la demande d'Alice March qui *voulait* — tout simplement — voir cette Delia Young.

« C'est une trouvaille de votre mari, n'est-ce pas ? » demanda-t-elle à Ann, ouvrant innocemment de grands yeux. « Je veux la voir. »

Il y avait aussi Talmadge March, qui était venu avec Alice, Carmel March et le Docteur Woodrin. Il était presque minuit et de nombreuses personnes soupaient dans la salle aux murs recouverts de tentures rouges. Un tintement de verres et d'argenterie se mêlait au timbre cuivré des trompettes basses attaquant « The song of India », dans l'arrangement de Tommy Dorsey.

Pour accepter l'invitation de Peter March, Ann avait donné comme excuse que Bill Crane était trop malade pour sortir. Elle n'était pas sûre que les autres l'aient crue. Peut-être même pensaient-ils, comme Alice March le laissait clairement entendre, qu'elle rendait à Crane la monnaie de sa pièce, parce qu'il l'avait délaissée pour la chanteuse de boîte de nuit. A vrai dire, elle ne s'en souciait pas trop ; elle voulait les écouter parler, espérant relever un hiatus dans leur conversation. Elle avait l'impression qu'il serait impossible à un assassin de ne pas se trahir devant un observateur suffisamment averti pour faire les recoupements nécessaires.

Criant pour couvrir le bruit de l'orchestre, Alice March dit : « Cette chanteuse doit être très, très séduisante. » Elle sourit aimablement à Ann.

Elle avait ce genre de visage que les peintres italiens cerclaient de chérubins voltigeant dans les airs, songea Ann. Elle aurait aimé la gifler. A la place, elle dit : « vous la verrez dans une minute. »

Un air ténu de flûte, et un étrange marmonnement de la batterie marquèrent la fin de « The song of India ». Il y eut un fracas assourdissant de cymbales. Quittant la piste de danse, les couples regagnèrent leur table.

« N'aimerais-tu pas lui chiper un peu de sa sensualité, Alice ? » dit Carmel.

Pendant un instant, Alice March fut comme une chatte persane sortant ses griffes. Elle ne répliqua pas, mais Talmadge vint à son secours : « On raconte qu'elle utilise le même fascinant parfum de gardénia que Carmel » dit-il de sa voix traînante.

Ann se demanda pourquoi il s'efforçait ainsi de démontrer que Carmel se parfumait au gardénia. Il essayait, sans aucun doute, d'impliquer Carmel dans les deux morts. Son attitude était très suspecte.

« Alice devrait peut-être se mettre du gardénia... elle pourrait peut-être ainsi retenir son homme », dit Carmel, d'un ton cassant.

« Essaierais-tu de provoquer une dispute, ma chère ? dit doucement Alice March.

— Pas toi ?

— Moi ? Et pourquoi donc, Carmel ?

— Oui, toi. Seulement tu n'oses pas la faire éclater devant tout le monde. » Ses yeux étincelaient. « Pourquoi ne dites-vous pas tout haut, ce que vous pensez vraiment... Talmadge et toi ?

— Carmel ! Ne vous lancez pas dans une de ces stupides bagarres, dit le Docteur Woodrin.

— Rentrons. Je n'ai pas envie de revoir cette chanteuse, fit Peter March.

— Oh, mais moi, si » reprit Alice March, oubliant apparemment l'éclat de Carmel. Alors que le spectacle débutait par un banal numéro de « chorus girls », Ann se demanda ce que Carmel voulait dire. Que pensaient exactement Talmadge et Alice March ? Elle sentit que Carmel souhaitait également gifler Alice. Il y avait certainement de noirs courants souterrains dans la famille March. Elle n'aimait ni Talmadge, ni Alice, décida-t-elle. Tous deux prenaient trop des airs de conspirateurs.

Durant le spectacle, elle bavarda avec Peter March, surprenant à diverses reprises le regard de Carmel fixé sur eux. Elle se sentait bien en compagnie de Peter. Il était drôle. Il lui racontait un voyage en bicyclette, effectué en Italie. Le Docteur Woodrin disparut un moment ; quand il revint, il s'assit à côté d'Ann.

« Puis-je m'entretenir une seconde avec Mrs Crane ?

demanda-t-il à Peter.

— Oui, bien sûr. »

Le Docteur Woodrin chuchota à son oreille : « C'est probablement une plaisanterie, mais lorsque je suis sorti, cette petite danseuse, Dolly, m'a parlé dans le couloir. Elle m'a demandé de vous dire qu'il fallait que vous partiez. Vous êtes en danger.

— En danger ? » Ann sentit s'accélérer les battements de son cœur. « Etes-vous sûr qu'il s'agisse de moi ? Et quel est ce danger ?

— Elle n'a pas voulu le dire.

— Il faut que je lui parle », dit Ann.

Le spectacle était terminé. Elle aperçut Dolly Wilson au milieu des autres danseuses. La jeune fille était pâle comme un linge, ses yeux semblaient effrayés. Elle disparut dans le couloir, derrière l'orchestre.

Ann se levait, lorsqu'elle entendit Alice March dire : « Mais où est donc cette chanteuse... Delia Young ? »

Tout le monde l'ignorait. « Excusez-moi un instant, fit Ann.

— Je vous accompagne, ma chère, dit Alice.

— Non, merci » reprit Ann.

Dolly Wilson enfilait une petite culotte rose pêche, quand Ann pénétra dans le vestiaire. Sa silhouette était pareille à celle d'un garçonnet : souple et mince, elle était dépourvue de hanches et de poitrine. Sa peau était belle.

« Vous n'auriez pas dû entrer ici, dit-elle, écarquillant les yeux.

— Vous feriez un excellent mannequin-débutante, dit Ann.

— Vous croyez ? » fit-elle. Elle rougit. « Je n'ai pas l'habitude d'être admirée par des femmes, expliqua-t-elle.

— Avez-vous jamais songé à travailler comme mannequin ? s'enquit Ann. Je crois que je peux vous trouver une place. »

Elles bavardèrent, et lorsque les autres filles furent sorties, Ann apprit par Dolly que le barman avait appelé Crane au téléphone sur la ligne privée de Donovan. « Il a dit à M. Crane que vous auriez des ennuis, si vous ne retourniez pas à New York », ajouta-t-elle.

Donovan était furieux contre M. Crane à cause de Delia Young. Du moins, c'est ce qu'elle croyait.

« Que lui est-il arrivé ? demanda Ann.

— Elle va bien. Elle s'est réfugiée quelque part à la campagne. J'ai reçu une lettre d'elle. » Dolly ajouta avec une évidente fierté : « C'est ma meilleure amie.

— Est-elle avec Donovan ?

— Je ne sais pas. Son mot ne le précisait pas. Mais Delia sait se débrouiller toute seule.

— Donovan l'aime bien, n'est-ce pas ?

— Je crois qu'ils sont mariés, confia Dolly.

— Mais pourquoi a-t-elle laissé Bill — mon mari — l'accompagner dans sa chambre ?

— Peut-être qu'il lui plaisait, mais je crois plutôt qu'elle s'est servie de lui pour rendre Donovan jaloux » dit Dolly.

Ann écrivit un mot à Mrs Jacobson, chez « Causeman-Mason », à New York. « C'est l'une des responsables, là-bas » dit-elle, tendant le billet à Dolly. « Je suis sûre qu'elle vous trouvera du travail, si vous allez à New York. »

Lorsqu'elle revint à leur table, Bill Crane y était aussi. Elle rougit. Il venait juste d'arriver et le Docteur Woodrin lui proposait un verre. Il sourit à Ann et refusa la boisson.

« J'ai pris le train des abstinents*... pour une heure au moins, expliqua-t-il.

— On croirait plutôt que vous êtes tombé de ce train », fit Carmel. Elle était visiblement heureuse de l'arrivée de Bill, constata Ann.

Bill se tourna vers Ann. « Ne vous ai-je pas déjà ren-

(*) Jeu de mots : « wagon » = wagon ; « To be on the wagon » = s'abstenir de boissons alcooliques.

contrée quelque part ?

— Je suis ta femme, dit Ann.

— N'est-ce pas une coïncidence ? » Sa voix était suave. « Ou suis-je simplement *de trop** ?

— S'il vous plaît, restez », fit Carmel.

Ann put voir que Peter March semblait très embarrassé. « Je crois qu'il est l'heure de partir » dit-il. Il regarda Bill, puis détourna les yeux. « Aimeriez-vous raccompagner votre femme ? » Il faisait un effort évident pour ne pas regarder Ann.

« Chérie, veux-tu rentrer en voiture avec moi ? demanda Bill.

— Je suppose qu'il le faut bien, dit Ann.

— J'avais l'intention d'aller me coucher, expliqua Bill à Peter. Mais je me suis soudain senti mieux. Voilà pourquoi je suis ici. »

Ann vit que leurs compagnons ne croyaient qu'à moitié son histoire. Ils pensaient sûrement, qu'il l'avait laissée volontairement sortir pour rencontrer en cachette Delia, ignorant qu'Ann se trouvait aussi au « Chat Cramoisi ».

« Je suis content que vous ne soyez plus malade, dit Peter.

— Arrêtez-vous chez moi prendre un verre », dit Bill. Ann se souvint que Jameson, l'agent immobilier, devait également venir à la maison pour jeter un coup d'œil sur Peter. Elle souhaitait donc qu'il accepte l'invitation de Bill.

Il l'accepta. Peter était heureux que leurs relations prennent ce tour amical. « J'aimerais bien. » Il regarda les autres. « C'est-à-dire, si...

— Allez-y aussi, dit le Docteur Woodrin à Carmel. Moi, je vais me coucher.

— Nous restons », dit Alice March, parlant pour Talmadge. « Je suis désolée que vous n'ayez pas trouvé votre Delia, M. Crane.

(*) En français dans le texte.

— Oh, elle me trouvera », répondit Bill.

Ann revêtit son manteau de caracul, et ils souhaitèrent bonne nuit aux autres. Ils trouvèrent Williams au bar. Il buvait un whisky-soda. Le barman aux dents en or regarda Bill de travers. « Encore toi, mon pote ? dit-il.

— Ne m'appelle plus « mon pote », mon pote, dit Bill.

— Donovan a été prévenu de ta présence à peine une minute après ton arrivée » dit Williams. Il but une large rasade de son whisky. « Talmadge March l'a tuyauté.

— Diantre ! » Ann vit que Bill était surpris. « Alors, ils sont toujours amis.

— Es-tu venu ici pour retrouver Delia ? demanda Ann.

— Ouais. Je crois qu'elle est morte. » Il lui parla de Lefty et de l'appel téléphonique. « Je suis allé regarder dans la chambre de Delia. Tout a été nettoyé. »

Elle était bouleversée par la mort de Lefty. « Le pauvre homme, avec sa voix si bizarre ! » Elle ajouta : « Mais Delia est toujours vivante. » Elle raconta à Bill que Dolly avait reçu une lettre de Delia. « Elle va bien.

— Tu es drôlement futée, dit Bill.

— Il faut bien que quelqu'un le soit.

— Ça va, ça va. Mais tu vas te fourrer dans de sérieux ennuis, en fouinant toute seule. N'oublie pas ce mystérieux coup de téléphone.

— Il n'est pas du tout mystérieux. »

Elle souriait ironiquement en confiant à Bill qu'elle savait qui avait donné ce coup de téléphone. Elle lui relata ce que Dolly avait surpris. « Viens me voir quand tu as besoin d'informations » conclut-elle.

Williams était amusé. « On dirait que tu as trouvé ton maître, Bill.

— Fichtre oui. » Bill pivota vers le bar. « Ça me rappelle que je te dois du champagne, Ann. » Il s'adressa au barman hargneux : « Deux bouteilles, Pete. »

L'homme sortit deux bouteilles du buffet. Ann protesta. « Mais je n'en ai gagné qu'une. » L'homme posa les bouteilles sur le comptoir rouge laqué. « Quinze dollars », dit-il.

Bill mit l'argent sur le comptoir. « Je sais, une. » Il prit l'une des bouteilles par le goulot, et la brandit en pleine lumière.

« Décide-toi, mon pote, dit le barman. Une ou deux ?

— Oh, deux, tu peux y compter », fit Bill. Il frappa le barman au visage avec la bouteille. Le coup n'était pas méchant, mais on entendit craquer les os de son cou. Il tendit l'autre bouteille à Ann. « Tiens, ma chérie.» Le barman avait disparu derrière le comptoir.

Williams prit le temps de regarder par-dessus le bar. « C'est une sale blague, se plaignit-il, de gaspiller ainsi du champagne. »

Ils rejoignirent la voiture, et rentrèrent chez eux. Carmel et le Docteur Woodrin étaient déjà partis, mais la voiture de Peter était toujours là.

Bill poussa un soupir de satisfaction. « Ce type y regardera à deux fois, avant de nous menacer au téléphone.

— Talmadge March pourrait-il être complice de Donovan ? demanda Ann.

— Je pense qu'un seul type a commis les deux crimes, dit Bill. Il n'aurait pas couru le risque d'être soumis au chantage en prenant un complice.

— Suppose que je démasque Peter March, dit Williams.

— Tu aurais ma bénédiction, dit Bill.

— Comment pourrais-tu faire ? demanda Ann.

— Tout dépend de Jameson, reprit Williams, mystérieux.

— J'espère que Jameson va venir, dit Bill.

— Tu es un salaud, dit Ann.

— Je n'ai rien de spécial contre Peter, dit-il. J'aimerais le faire prendre, c'est tout.

— Non, c'est après moi que tu en as. Tu essaies de coincer Peter à cause de moi. Je suis heureuse de ne pas être mariée avec toi.

— Je ne suis pas... »

Ann était furieuse. Elle l'interrompit brutalement. « Tu as fait de ton mieux pour me mettre dans l'embarras. Tu as laissé voir à tout le monde, au « Chat Cramoisi », que tu courais après cette chanteuse.

— Et toi, n'as-tu pas laissé voir à tout le monde que tu courais après Peter March ? »

Ils se chamaillèrent ainsi jusqu'à la maison.

12

Tandis que Williams attendait devant la maison l'arrivée de M. Jameson, l'agent immobilier de Brookfield, Ann se rendit à l'office chercher des glaçons et des verres. Crane était allongé sur le canapé bleu du salon.

« Ça a l'air de bien se présenter, fit-il.

— Bill, pourquoi nous bagarrons-nous tout le temps ? dit Ann.

— Sans doute, parce que je bois.

— Pas uniquement.

— Peut-être que tu ne m'aimes pas ?

— Mais si. Je t'aime beaucoup.

— M'aimerais-tu davantage si je cessais de boire ?

— Oui.

— Alors, j'arrête.

— Ne bois pas tant, c'est tout.

— Non, je ne boirai plus. Mais, promets-moi de m'aimer. »

Elle s'approcha du sofa et caressa la nuque de Crane avec ses doigts.

« Tu es gentil, dit-elle. Je t'aime bien. »

Ses doigts étaient frais et doux. Il essaya de lui prendre la main, mais elle s'éloigna du canapé. Elle s'assit sur une chaise. « Alors, cette enquête, Bill ? » demanda-t-elle.

Ils tentèrent de se mettre d'accord sur le nom du principal suspect, mais ils durent y renoncer. Ils convinrent que Talmadge March avait les meilleurs mobiles : la haine et l'avidité. Pour Ann, cependant, Donovan était impliqué d'une façon ou d'une autre dans les deux morts.

« Je crois toujours que Talmadge et lui sont complices,

dit-elle.

— Et moi, je crois que l'assassin agit seul, dit Crane. Il n'aurait pas osé s'embarrasser d'un complice et donner prise au chantage. »

Dans ce cas, reconnut Ann, Talmadge restait effectivement le seul suspect. Il ne pouvait qu'haïr John, de l'avoir mouchardé à Simeon March sur sa participation au lancement de la boîte de nuit.

Cela vaut également pour le Docteur Woodrin, ajouta Crane. Et peut-être même davantage, parce qu'il a perdu tout son argent dans l'aventure. Mais Crane ne comprenait pas pourquoi le Docteur aurait pu tuer Richard. A moins qu'il ne désire Carmel.

« Je l'aime bien, admit Ann.

— Mais Carmel aime bien Peter. »

Le visage d'Ann se crispa. « Alors, Peter devrait être le prochain sur la liste.

— Ça me paraît complètement idiot de tuer un tas de gens juste pour rendre riche la femme qu'on espère épouser.

— Et Simeon March ? demanda Ann.

— Pourquoi pas ? » Crane espérait que son mal de tête finirait par se dissiper. « En dernier lieu, n'épingle-t-on pas toujours celui qui a appelé les détectives ?

— Alice March ?

— Je soupçonne toujours les personnes que je n'aime pas.

— Alors, tu dois soupçonner Peter ?

— Tu ne sais pas que je suis fou de Peter ?

— Tu veux dire de Carmel, oui ? »

Une voix douce se fit entendre du pas de la porte : « Quoi Carmel ? »

C'était Carmel March. Sa robe de velours noir, serrée à la taille par une ceinture dorée, s'évasait à partir de ses hanches étroites. Elle portait de longs gants noirs. Un bracelet en or apparaissait sous les manches bouffantes de sa robe.

« Excusez-moi de ne pas me lever, dit Crane. Je n'en ai pas la force.

— Nous parlions de la sortie d'hier soir, dit Ann. Bill a fait une rechute. »

Carmel, à pas lents, entra dans la pièce. « J'étais sûre que vous tomberiez malade, lorsque je vous ai vu avaler tout ce champagne, avec cette femme.

— Il a carburé au laudanum, précisa Ann.

— Mon Dieu ! Du champagne et du laudanum ?

— Pas du tout, dit Crane. Je n'aurais pas voulu gâcher du bon laudanum avec du champagne.

— Et comment diable avez-vous réussi à rentrer chez vous ?

— Par l'American Express, je pense. »

Carmel éclata d'un joli rire rauque. « Je suis très gênée à propos d'Alice March », fit-elle. Elle s'assit sur le canapé, contre les genoux de Crane.

« Pourquoi ?

— J'aimerais savoir ce que je dois faire avec elle. » Elle remua son corps et sa cuisse toucha le hanche de Crane. « Je voudrais avoir votre avis.

— Je vous laisse seuls tous les deux », dit Ann avec une certaine froideur.

« Je vous en prie, non. » Carmel leva les yeux sur Ann. « J'ai également besoin de votre aide. » Ses yeux sombres, ovales comme des noix du Brésil, étaient lumineux. « J'ai très peur. Alice m'a pratiquement accusée de meurtre.

— Oh, elle n'aurait quand même pas osé, s'exclama Ann.

— Elle ne m'a pas accusée directement. Elle procède par insinuations. » Elle hésita pendant près d'une minute, puis ajouta : « J'ai peur qu'on la croie.

— Mais pourquoi... ? » commença Ann.

Carmel répéta l'histoire qu'elle avait racontée à Crane :

le meurtre de Richard et le suicide de John. Elle conclut d'une voix basse : « Je ne me sens pas responsable. J'aimais bien Richard, mais je n'étais pas attirée par lui. C'est vrai, vous savez. »

Crane était pratiquement convaincu qu'elle disait la vérité, bien qu'il sache que John avait été assassiné. Elle avait certainement été trompée par le meurtrier. Le mot de John devait être un faux admirablement fabriqué.

« Je suppose que le parfum de gardénia et le rouge à lèvres sur le visage de Richard ont éveillé les soupçons d'Alice, nota Ann.

— Vous n'auriez pas dû l'embrasser, dit Crane.

— Mais je ne l'ai pas embrassé. C'est lui qui essayait de m'embrasser, et je me suis débattue. Voilà pourquoi il y avait du rouge à lèvres sur lui.

— Comment l'idée de vous faire la cour est-elle venue à Richard ? questionna Crane.

— John ne me prêtait pas beaucoup d'attention. Il était très absorbé par son travail. » Ses grands yeux étaient sombres. « Je pense qu'il me considérait comme un objet amusant, comme un petit animal familier.

— Mais pourquoi vouliez-vous récupérer la correspondance de Richard, puisque vous avez repoussé ses avances ? poursuivit Crane.

— Je lui ai écrit quelques lettres qui pourraient être mal interprétées.

— Oh !

— Vous avez été courageuse de camoufler le suicide de John, dit Ann.

— Je ne le suis plus, maintenant » dit Carmel. Ses yeux fixaient les braises incandescentes dans la cheminée. « J'aimerais savoir si vous... si vous pensez que je doive révéler la vérité... pour faire cesser les insinuations d'Alice.

— Gardez cela pour vous pendant un moment encore, lui conseilla Crane. Rappelez-vous que la vérité tuerait probablement Simeon March. »

Elle acquiesça.

« Comment Alice répand-elle cette rumeur ? s'enquit Ann.

— Talmadge et elle font sans cesse allusion au gardénia.

— Pourquoi ne lui cassez-vous pas la figure ? » s'étonna Ann.

Crane regarda Ann avec surprise. Elle devrait pourtant savoir que, dans la bonne société, une dame n'en corrigerait pas une autre. A quoi pensait-elle donc ?

On sonna à la porte d'entrée. « C'est sans doute Peter » fit Ann. Elle les laissa seuls.

« Elle ne m'aime pas, n'est-ce pas ? dit Carmel.

— Mais si, bien sûr » dit Crane.

Elle resta silencieuse. C'était vraiment une belle femme, songea Crane. Elle était d'albâtre et de grenade, comme l'enfant nouveau-né de la Bible. Il se demanda ce qui clochait chez John, pour qu'il se consacre uniquement à son travail.

Ann revint, accompagnée de Peter. Le visage du jeune homme était rasé de frais et talqué. Il semblait un petit peu embarrassé, mais il n'avait pas son air maussade.

« Hello, dit-il.

— Un verre ? proposa Crane.

— Avec plaisir. »

Ann mélangea cognac et soda, et fit la distribution des verres. Elle tendit à Crane un verre de jus de tomate, et précisa : « Tu peux avoir un peu de cognac, si tu préfères, mon chéri.

— Je raffole du jus de tomate. »

Sa main n'était toujours pas solide. Lorsqu'il se pencha pour boire son verre, sa tête vint s'appuyer contre l'épaule de Carmel. Il respira le parfum de gardénia. Il aurait aimé qu'elle utilise un autre parfum. Cela faisait naître en lui une sensation bizarre. Il termina son verre et vit que les autres le regardaient.

« Les nerfs ! donna-t-il comme explication.

— A côté de toi, un paralysé est aussi solide que le rocher de Gibraltar », dit Ann.

Williams entra dans la pièce, suivi du jeune M. Jameson. « Voici M. Jameson, M. Crane, dit-il. Sa note est de vingt-cinq dollars. »

Crane n'eut aucune idée de ce que Williams combinait. Ignorant totalement à quoi correspondait la note de frais de Jameson, il lui tendit deux billets de dix dollars et un de cinq. En faisant demi-tour, l'agent immobilier s'adressa à Peter March.

« Comment allez-vous, M. March, depuis qu'on ne s'est vu, à Brookfield ?

— Très bien, merci » répondit Peter.

Williams accompagna Jameson jusqu'à la sortie. « Merde ! » pensa Crane. Il commençait à comprendre le manège de Williams. « Hein ? fit-il.

— Vous venez chasser avec nous, dimanche ? lui demandait Peter.

— Bien sûr.

— Quelqu'un viendra vous chercher à six heures.

— Bon Dieu ! Avec la sortie au Country Club, cette nuit, je ferais mieux d'aller faire un somme, dit Crane.

— Pas avant que nous ayons soupé, le reprit Ann.

— Si Bill est fatigué, vous pouvez souper avec moi, dit Peter.

— Je ne suis pas fatigué, dit Crane.

— Viens chez moi, Peter, proposa Carmel. Nous mangerons ensemble.

— Non, merci.

— Qu'as-tu ? Tu es en colère contre moi ? » demanda Carmel.

Peter March finit de boire son cognac-soda. Il se leva. « Merci pour le verre, dit-il à Ann.

— Tu penses, toi aussi, que je suis une meurtrière ? fit

Carmel.

— Carmel ! » Les lèvres de Peter virèrent au bleu. « Les querelles de famille doivent.rester privées. »

Carmel, appuyée contre Crane, se leva à son tour : « J'emmerde la famille ! » Elle était réellement furieuse. « Pourquoi ne dis-tu pas tout haut ce que tu penses ?

— Très bien. » Sous l'effet de la colère, les sourcils épais de Peter lui retombaient sur les yeux. « Je pense seulement que tu ne devrais pas être aussi désagréable avec Alice.

— Mais elle m'a presque accusée de meurtre !

— Ce n'est pas une raison pour déclencher une bagarre. » Il était en face d'elle. « Les March ont toujours été des « gentlemen »... et des « ladies ».

Carmel s'avança vivement vers lui. « Tu ranges l'assassinat parmi les arts d'agrément qui siéent aux « gentlemen » ?

— Que veux-tu dire ?

— Tu ne sais pas que John a tué Richard ?

— Tu perds la tête ? » Ses yeux et sa bouche formaient un *O* d'étonnement. Il dévisageait Carmel. « Je ne te crois pas.

— John a tué Richard, pourtant. Puis il s'est suicidé » chuchota Carmel.

Un début de certitude et une pointe d'horreur apparurent dans les yeux de Peter. « Ce n'était pas accidentel ?

— Il a laissé un mot expliquant qu'il avait tué Richard. Paul Woodrin l'a vu. »

Crane était désormais presque certain que Carmel disait la vérité. Il y avait eu un mot. Le Docteur Woodrin ne mentirait pas sur ce point. Evidemment, elle pouvait avoir écrit le mot elle-même, le montrer au docteur, et le détruire.

« Mais pourquoi n'as-tu pas...? commença Peter.

— Je craignais que la nouvelle ne tue ton père. »

Peter s'effondra sur le grand siège damassé, en face du

canapé. « Pauvre John... » Il regarda Carmel. « Tu aurais dû me le dire. » Il regarda Crane... soudain conscient de sa présence. « Mais ces gens... comment allons...

— Je leur ai tout raconté, dit Carmel. Je savais qu'ils soupçonnaient quelque chose depuis la nuit où tu as essayé de récupérer mes lettres. » Elle était très pâle, mais l'émotion rendait ses yeux magnifiques. « Et j'avais besoin d'un avis impartial... pour savoir si je devais ou non tout révéler... à cause des insinuations d'Alice...

— Que lui avez-vous conseillé ? demanda Peter à Crane.

— D'attendre que la rumeur se calme. »

Peter approuva. « Carmel, je veux te parler, ajouta-t-il.

— Bien » fit-elle.

Ils s'apprêtèrent à sortir. « Bonsoir ; et merci, fit Carmel.

— Mais nous n'avons rien fait » dit Ann.

Revenu dans le salon, Crane lança : « N'ai-je pas entendu parler de manger ?

— Je crois que Carmel dit la vérité, fit Ann, ajoutant : Peter la croit.

— Tu aimes bien Peter, n'est-ce pas ?

— Oui.

— Que ressentirais-tu, si tu apprenais que Doc Williams lui a noué la corde autour du cou ?

— Bill ! » Ses yeux verts étaient grands ouverts. « Tu plaisantes ? »

Sortant de la salle à manger, Williams vint les rejoindre. « Pas tant que ça. » Il tenait à la main un whisky-soda. « Jameson a sans doute mis Peter dans une situation difficile. C'est Peter et non John, qui l'a questionné sur la maison de Brookfield, louée par Richard.

— Mais Jameson a reconnu la photo de John, rétorqua Ann.

— Les photos publiées dans les journaux ne sont pas nettes », fit Crane.

— Et John et Peter se ressemblent, ajouta Williams. C'est d'ailleurs ce qui m'a donné l'idée de confronter Jameson et Peter. » Il était apparemment fier de lui.

Ann ne put retenir une moue de dédain. « Cela n'en fait pas automatiquement un assassin.

— Leurs voix... étaient également identiques », dit Williams.

Crane expliqua : « Peter, et non John, soupçonnait Richard d'avoir une liaison avec Carmel. Peter l'a surprise dans la voiture de Richard. Carmel a cru que c'était John tapi dans l'obscurité, parce qu'ils avaient la même voix.

— Et quand Peter a rejoint les autres, poursuivit Williams, Richard venait d'aspirer une trop grande bouffée de gaz.

— Alors John soupçonne Peter... et finit assassiné, improvisa Crane.

— Mais le billet expliquant le suicide, objecta Ann. Tu ne peux quand même pas en faire abstraction.

— Qui connaissait l'écriture de John ? Qui était le plus capable de fabriquer un faux ? »

Après un long moment de silence, Ann répondit : « Peter, je suppose. »

13

Mademoiselle Kirby ne parut pas particulièrement surprise lorsqu'à 15 heures 15, samedi, Crane la prévint par l'interphone qu'il allait sortir.

« J'ai fait cinq minutes de rab' aujourd'hui, lui annonça-t-il fièrement.

— Oui, Monsieur. »

En chemin, Crane passa au bureau de Simeon March.

Assis à un gigantesque bureau, avec derrière lui de hautes fenêtres, le vieillard paraissait petit et même très frêle. Du moins, jusqu'à ce qu'il ait grogné, à l'intention de Crane, un : « Eh bien, où étiez-vous passé ? » Sa voix était aussi virile que celle d'un commandant de remorqueur.

« Nous étions à la recherche de l'une des petites amies de Richard.

— Qu'est-ce qui vous a pris ? Tout le monde sait que Richard avait des petites amies.

— Nous pensions obtenir par elles quelques éclaircissements sur sa mort.

— C'est du temps perdu. » Les yeux couleur de sucre d'érable du vieil homme s'étaient embrasés : « Vous savez de quel côté chercher. »

Son visage brun et ridé ressemblait à celui d'un chef indien en colère. « Coincez Carmel », dit-il.

Crane songea qu'il devait y avoir une raison secrète à cette haine de Carmel. « Pourquoi êtes-vous si sûr qu'elle soit une meurtrière, M. March ?

— Regardez-la, aboya le vieil homme. Elle s'habille comme une... comme une maîtresse entretenue. »

Crane aborda le problème sous un autre angle : « Selon vous, pourquoi a-t-elle tué Richard ? »

Le vieillard lui jeta un regard méchant. Ma question a dû le mettre dans une violente colère, songea Crane. « Je suppose qu'il faut que je vous le dise. »

Simeon March grommela toute l'histoire, sans jamais ôter le cigare de sa bouche. Il avait entendu Carmel et Richard se parler avec une familiarité suspecte, lors d'une soirée, quatre mois avant la mort de Richard. John étant absent de Marchton, à cause de son travail, il avait chargé un détective de la Compagnie de surveiller les allées et venues de Carmel, durant toute cette période.

« De Richard, aussi ? » le coupa Crane.

Le vieillard hocha la tête. Le détective lui avait rapporté que Carmel passait la majeure partie de son temps en compagnie de Richard. Il était alors allé voir Carmel et lui avait dit qu'il était au courant de sa liaison avec son cousin. Il la menaça de tout raconter à John, si elle ne rompait pas. Elle affirma qu'elle n'était pas amoureuse de Richard, mais il resta inflexible. « Si jamais j'apprends que tu as passé ne serait-ce un instant, seule avec lui, je te chasse de la ville » la menaça-t-il. Elle promit finalement de ne plus jamais le revoir.

Crane ne put s'empêcher de demander : « Alors, pourquoi l'a-t-elle tué ?

— Il ne voulait pas rompre » dit Simeon March, scrutant Crane de son regard perçant. « Donc, elle l'a tué.

— Dans ce cas, tout étant arrangé, pourquoi a-t-elle tué John ?

— Elle ne l'aimait pas. Elle voulait être débarrassée de lui. » Pendant un instant, Crane lut une douleur réelle dans ses yeux renfoncés. « Elle savait que je l'empêcherais de divorcer.

— C'est un point de vue très élémentaire, dit Crane. Carmel assassine un homme, parce qu'elle l'aime, et un autre, parce qu'elle ne l'aime pas. »

Simeon March gronda : « Je ne vous paie pas pour philosopher, mais pour coincer Carmel. » Son cigare sautillait à chacun des mots qu'il prononçait.

« Vous la haïssez, n'est-ce pas ? dit Crane.

— Ne haïriez-vous pas la femme qui a tué votre fils ?

— Il faudrait encore que j'en sois sûr.

— *J'en suis sûr.* » Le vieil homme criait maintenant. « Trouvez un preuve. C'est tout ce que je veux. Une preuve. » Il se redressa, se pencha au-dessus de son énorme bureau, jusqu'à ce que son visage soit à quelques centimètres de celui de Crane : « Vous voulez savoir autre chose ? »

Crane recula d'un pas. « Oui. Pourquoi Talmadge n'est-il pas votre avocat ? »

Simeon March plissa les yeux, et dit : « Trop jeune.

— Croyez-vous qu'il puisse être fauché ?

— Non. Il a beaucoup d'argent. »

Crane sentit avec soulagement que l'entretien était terminé. Il était heureux de ne pas travailler en permanence pour ce vieux busard. Il se dirigea vers la sortie, s'arrêta : « Avez-vous confié à quelqu'un vos soupçons à l'égard de Carmel ?

— Le juge Dornbush, mon avocat, en a été brièvement informé.

— En parlerait-il ?

— Certainement pas ! » La mâchoire pointée en avant, il regardait Crane d'un air menaçant. « Pourquoi cette question ?

— Il y a d'étranges bruits qui courent en ville.

— Sur Carmel ?

— Oui.

— Quoi ? Les enfoirés ! » Simeon frappa violemment le bureau, ce qui fit voler sa boîte à cigares. « Ils n'oseraient pas médire sur une March ! » Il fixait toujours Crane : « Même si c'est une putain criminelle. »

Il ouvrit lui-même la porte de la maison à l'aide de sa clé. Un peu plus tard, ravigoté par la boisson et les anchois, il relata à Ann son entretien avec Simeon March. « Il est fermement décidé à faire pendre Carmel, dit-il.

— Je me demande ce que serait sa réaction, s'il apprenait la version de sa belle-fille, dit Ann.

— Il ne la croirait pas.

— Si elle devait tuer quelqu'un, ce serait plutôt Alice March. Ça ne m'étonnerait pas qu'un jour, elle lui flanque une bonne râclée.

— Oh, non, dit Crane. Elle trop bien élevée.

— De toute façon, je crois que Donovan est dans le coup. » La voix d'Ann avait un accent de détermination farouche. « Et je vais te le prouver.

— Je préfèrerais que tu rentres à New York, au lieu d'aller te bagarrer avec une bande de gangsters.

— Non. »

Crane sentit qu'il était inutile de discuter. Il admirait son courage, et, de toute façon, estimait-il, Donovan bluffait. Il était probablement en colère, à propos de Delia, et voulait l'effrayer pour qu'il ne lui rende plus visite. Lorsqu'on est réellement décidé à kidnapper quelqu'un, on ne le prévient pas avant. Il fit dévier la discussion sur Peter March, feignant de ne pas remarquer le froid soudain qui se manifesta dans l'attitude d'Ann.

« C'est un excellent candidat à la potence, dit-il avec une certaine satisfaction.

— Je préfère ne pas en discuter, dit Ann.

— Williams a été très malin de découvrir qu'il ressemblait à John » continua Crane.

Il ajouta : « Bien sûr, Talmadge est aussi un bon suspect. » Elle ne semblait pas intéressée, mais il poursuivit : « Il est toujours en train de faire allusion au parfum de gardénia de Carmel, et il a prévenu Donovan que j'étais au « Chat Cramoisi ». Le seul problème, c'est que je pense qu'une seule personne a commis les deux meurtres.

— Tu crois que Talmadge soupçonne que tu es un détective privé ?

— Personne n'est au courant, dit Crane. A part Simeon March.

— Alors pourquoi Talmadge a-t-il averti Donovan ?

— A cause de Delia. Il ne savait pas qu'elle était partie. Il voulait juste prévenir Donovan. A cause de tous ces bruits qui couraient, il pensait que j'étais venu la revoir.

— Il avait sûrement raison, fit Ann. Et je crois que tu passes à côté de l'essentiel, en n'enquêtant pas sur Slats Donovan.

— Tu ferais mieux de concentrer tout ton effort sur Peter March, et de nous foutre la paix, à Donovan et à moi.

— Je ne le lâcherai pas. » Elle était toujours aussi décidée.

« Et Peter March ? Tu le lâches, lui ? »

Elle ne répondit pas.

« Aurais-tu peur qu'il soit coupable ? reprit-il, sarcastique. Carmel fait un très bon mobile. Peter a tué Richard parce que Carmel l'aimait, et John parce qu'il était son époux. »

Elle rétorqua, au bout d'un long moment : « Tu es un salaud. J'essaie de t'aider, et tu agis comme si je courais après Peter... ou après son argent. »

14

Au Country Club, Crane retrouva Ann qui bavardait avec Alice et Talmadge March, dans un coin de la salle de bal. « M'accorderez-vous cette danse, Madame ? » lui demanda-t-il.

Elle portait une robe du soir de satin noir, qui moulait admirablement son corps — une robe longue, évasée à partir du genou. Le noir s'harmonisait bien avec ses cheveux châtain clair. Ils formaient un beau couple, lorsqu'elle était dans ses bras. Elle sentait très bon. Elle sentait la lavande anglaise.

« Tu es une excellente danseuse », fit-il remarquer.

L'orchestre, jouant de la musique romantique, mettait en valeur le trombone et la trompette bouchée. Sur la piste, Crane aperçut Carmel et Peter. Ils dansaient avec la grâce et la facilité de danseurs professionnels, mais ils ne paraissaient pas tellement s'amuser. Les sourcils noirs de Peter formaient au-dessus de ses yeux un *V* menaçant. Il regarda Crane, sans même le reconnaître.

« Qu'est-ce qui ne tourne pas rond, chez ce gars ? dit Crane.

— Il s'est disputé avec Talmadge, répondit Ann.

— A quel propos ? »

Ann l'ignorait. « Quand je les ai vus, leur querelle était terminée, expliqua-t-elle. Ils étaient tous les deux blancs de rage. Je suis sûre qu'ils en seraient venus aux mains, s'ils avaient été seuls. »

A cette idée, Crane fit la grimace. « Une jolie famille, les March. Simeon hait Richard ; Peter se bagarre avec Talmadge ; Carmel trompe presque John avec Richard ;

Peter aime…

« Vas-y, continue, fit Ann.

— Je pense que tu es la plus belle femme du bal. »

L'orchestre n'était pas mauvais, bien que ce soit une toute petite formation, parfaitement anonyme. Il interprétait de vieux succès que Crane aimait bien : « Sweet Sue », « Who », « Star dust », « Three o'clock in the morning » et « Melancholy baby ».

Au bout d'un moment, il déclara : « Je suis désolé de m'être montré aussi vache avec Peter. Je ne vais peut-être pas le mener à la potence.

— Je ne crois pas que tu le puisses, dit-elle.

— Tu l'aimes bien, n'est-ce pas ?

— Oui ».

Les morceaux traditionnels joués par l'orchestre le rendaient mélancolique. Il songea que c'était une bonne chose qu'elle aime Peter. Il avait du fric et il était jeune. Anne ferait une épouse parfaite. Ce serait une vraie corvée pour une fille comme elle (ou pour n'importe quelle fille, d'ailleurs), d'être mariée à un détective privé, souffrant de gueules de bois chroniques. Il soupira. Il se sentait beaucoup plus vieux que ses trente-cinq ans.

« Que se passe-t-il ? demanda Ann.

— Je ne sais pas. » Il évita un homme et sa cavalière, vêtue d'une robe violette transparente, et marcha vers un endroit plus tranquille, le long du mur.

« Ann…

— Quoi ?

— Cela t'aiderait-il si j'expliquais à Peter que nous ne sommes pas vraiment mariés ?

— Non.

— Je veux dire, que nous travaillons ensemble… qu'il n'y a rien d'anormal.

— Je suis fatiguée de t'entendre parler de Peter, dit-elle.

— Excuse-moi. » La musique s'arrêta. Ils étaient l'un

en face de l'autre.

« Ecoute, Ann. Je pense que tu es une fille bien. Je n'ai jamais eu l'intention de te blesser, en suivant Delia et en buvant trop. »

La musique reprit. C'était une valse viennoise. Le frémissement des violons était d'une infinie tristesse. Les danseurs, avec plus de grâce encore qu'ils n'en avaient montré jusque-là, tournaient en cercles réguliers, comme des patineurs.

« Je voulais que tu saches. Tout ce que tu fais est bien. » Il la serra dans ses bras, commença à valser. « C'est de ma faute, si nous nous bagarrons. Je vais essayer d'être plus gentil.

— Moi aussi. »

Il la conduisit au milieu de la piste. « Tiens, faisons comme si... depuis que nous travaillons ensemble... nous nous étions toujours aimés. Enfin, en paroles.

— Très bien. »

Il lui sourit. « Je suis un idiot, mais un détective n'a pas la moindre foutue idée de ce qu'est la vie de famille. » Son corps, embaumant la lavande, était svelte et souple. « J'aimerais bien voir à quoi ça ressemble. »

Elle ne répondit pas. Il se sentait un peu honteux. Un adolescent aux cheveux lissés lui enleva Ann. « A bientôt, Ann » dit-il, et il enleva Alice March à un autre danseur.

« Vous ne buvez plus, on dirait, fit-elle.

— Une goutte de potion, par-ci par-là.

— J'ai besoin d'un verre.

— Allons au bar.

— Non, je veux être au calme.

— Madame, vous connaissez cet endroit mieux que... »

Serrant son bras, elle dit : « Attendez-moi à l'entrée des toilettes pour Dames », et elle le planta là.

Ann étant tout entière accaparée par une foule d'hommes, il se rendit au bar. Le Juge Dornbush, l'avocat de « March and Company », le Docteur Woodrin, Simeon

March, et deux autres hommes étaient assis à la table la plus proche de la cheminée. A la lumière des bûches qui flambaient dans l'âtre, le visage du Juge était rouge-brique. On aurait dit l'un de ces gaillards qui, sous la Régence, buvaient leurs trois bouteilles.

La chasse aux canards, qui devait avoir lieu le lendemain matin, était au centre de leur discussion. Ils rabâchaient toujours les mêmes arguments rassurants sur le froid qui fait revenir les canards du Canada.

« Nous vous y verrons, non ? lança le Docteur Woodrin à Crane.

— Bien sûr » répondit Crane, refusant poliment le verre qu'il lui proposait.

Il prit une bouteille de whisky, de l'eau de Seltz, deux verres et un bol rempli de glaçons. Il avait promis à Ann de ne plus boire, mais là, le travail le commandait. Tout au long du couloir menant aux toilettes, ses pas résonnaient sur le sol. Il essaya de marcher sur la pointe des pieds. Découvrant un grand panneau vert qui indiquait : « Toilettes pour Dames », il s'adossa au mur en ciment et attendit. Il patienta cinq minutes, dix minutes, un quart d'heure, avant qu'Alice March apparaisse. Sa chevelure jaune-canari était défaite, son visage plantureux était blanc. Elle avait l'air malade.

« Entrons là, dit-elle.

— Mais Bon Dieu, ce sont les toilettes pour...

— Personne ne descend jamais ici. » Elle le poussa derrière le panneau.

Il fut soulagé de découvrir, dans l'entrée, un petit vestibule meublé avec des fauteuils en osier et une table basse, recouverte de magazines. Il pouvait apercevoir, à l'autre extrémité de la longue pièce, un carrelage blanc et des rideaux de douches. Il s'assit, le dos aux douches, et prépara deux verres.

« A la nôtre ! » dit Alice March. Elle lampa la moitié de son verre.

« Hé ! fit Crane, alarmé. Vous allez être ivre.

— Mais c'est bien mon intention. »

Elle portait une robe du soir marron. Elle avait les yeux rougis d'avoir pleuré. Son nez aussi était légèrement rouge. Elle finit son verre, le tendit à Crane. Elle avait de belles jambes, mais son corps était trop grassouillet. Ils burent l'un et l'autre un second puis un troisième verre. Crane commençait à se détendre un peu.

« Pourquoi avez-vous pleuré ? demanda-t-il.

— Je n'ai pas pleuré, dit-elle.

— Si. » Il ferma un œil et la regarda fixement de l'autre. « C'est à cause de Talmadge ?

— Qu'est-ce que ça peut vous faire ?

— C'est un chic type.

— C'est un rat.

— Ah ! Je l'ignorais. » Il avait ouvert les deux yeux. « Je ne peux d'ailleurs pas le croire. Il vous ronge le cœur, vraiment ?

— Vous le croiriez, si vous saviez ce que je sais.

— Que savez-vous ?

— Il essaie de protéger Carmel.

— Carmel ?

— Peter et Carmel. Il sait quelque chose sur eux, il ne veut pas me le dire.

— C'est pour ça qu'il s'est disputé avec Peter ?

— Oui. » Elle éclata d'un rire amer. « Il s'est disputé avec moi, aussi. Je voulais qu'il me dise ce qu'il savait sur eux. »

Crane la laissa continuer.

« Il m'a dit de me mêler de mes oignons, fit-elle.

— J'ai l'impression que pour Talmadge, c'était la soirée des disputes. »

La voix d'Alice se fit soudain plus douce. « C'est à cause de son rhume. Il a attrapé un rhume terrible.

— Que sait-il sur Peter et Carmel ? » demanda Crane.

Elle secoua la tête. « Il n'a pas voulu me le dire. Je

pense qu'il a menacé Peter, ce soir. Ils ont eu une altercation violente. Ce devait être à propos de Carmel. » Ses mains potelées étaient agitées de tremblements. « Peter est un fou. Il devrait savoir qu'elle cherche à démolir toute notre famille. »

Crane acquiesça d'un air faussement entendu. Dans la salle de bal, une fille chantait avec l'orchestre. Il espérait qu'il serait capable plus tard de se souvenir de tout ce que lui avait confié Alice. Il avala une petite gorgée de son whisky, pour se rafraîchir les idées, s'adossa à son fauteuil, ferma les yeux. Il n'éprouvait plus aucune gêne à se trouver dans les toilettes pour dames.

Elle poursuivit, d'une voix rauque, fiévreuse : « Vous ne le savez pas, mais Richard était amoureux d'elle. Elle l'a rendu amoureux fou. Puis elle l'a tué. »

Crane sentit ses yeux lui sortir littéralement de la tête. « Tué ?

— Elle est responsable. » D'un air de défi, elle finit son verre d'un trait. « Oh, elle ne l'a pas tué elle-même. Elle n'en avait pas le courage. Mais elle est responsable. » Son verre, roulant sur la table en osier, s'arrêta, retenu par une pile de magazines de golf. « Richard n'était pas un mauvais bougre, malgré tout.

— Un tas de filles pensent même que c'était un type épatant.

— Et comment qu'elles le pensent ! » Ses mots n'étaient plus que des sanglots. Crane comprit qu'elle se fichait de l'identité de son interlocuteur. Elle lâchait la bonde à ses émotions, tout simplement. « Et comment qu'elles le pensent, répéta-t-elle. Pourquoi ?

— C'était un vrai tombeur, hein ?

— Je ne connais pas une fille en ville, qui ne le désirait pas. »

Il acquiesça, comme s'il était de son avis.

« Et quand il est tombé amoureux, il a fallu que ce soit d'elle.

— Ne me dites pas que vous l'aimez encore, fit Crane.

— Je ne sais pas. » Ses yeux s'éclairèrent. « Je l'ai terriblement aimé, autrefois. J'aurais fait n'importe quoi pour ce type. »

Pour la première fois, Crane entendit une femme lui confier qu'elle avait aimé Richard : Delia, et maintenant Alice qui devrait pourtant le haïr. Il commençait à admirer Richard.

« Et Talmadge ? »

Elle réfléchit un bref instant. « Je l'aime bien, mais d'une façon différente. »

Crane ferma à nouveau les yeux. Il avait l'impression de mieux retenir ce qu'elle disait, en fermant les yeux. Il tâtonna à la recherche de son verre, mit la main dessus, but une gorgée. Sa langue et son palais était si pâteux, qu'il ne sentait même plus le goût du whisky.

« D'après vous, pourquoi s'est-il disputé avec Peter ?

— Je vais vous le dire. Il... » Avant de poursuivre, elle hésita si longemps que Crane, pensant qu'elle avait quitté la pièce, rouvrit les yeux. « Je ne sais pas pourquoi je vous raconte cela.

— Bon sang ! » Il lui versa une bonne rasade de whisky. « Ça restera entre nous, les filles. » Il lui fit un clin d'œil.

« Je m'en fous, de toute façon. » Elle empoigna son verre. « Peter n'a aucun droit sur moi.

— Peter ?

— Oui.» Elle était comme une chatte faisant le dos rond. « Je pense qu'il a tué Richard. Je ne crois pas qu'il s'agissait d'un accident.

— Peter ? » Réalisant qu'il se répétait, il demanda alors : « Mais pourquoi ?

— A cause de Carmel. »

Tout s'embrouillait dans sa tête. Il ne pensait pas que c'était dû à l'alcool. « Qu'est-ce qui vous fait croire que... ?

— Il est sorti peu de temps avant la mort de Richard. » Sa voix devenait mauvaise. « Nous dansions ensemble, j'ai remarqué qu'il cherchait Carmel des yeux. John dansait avec Janice Squires. Comme Carmel était partie depuis une demi-heure, Peter m'a quittée brusquement, et il est sorti. »

Elle but. Crane entendait la musique qui venait d'en haut. Il se demanda depuis combien de temps il était dans les toilettes.

Alice continua. « Puis Carmel revint, l'air terrorisé. Au bout de dix minutes, Peter est rentré à son tour. Il était très pâle. J'ai pensé qu'il était malade. Vous vous rendez compte, j'étais inquiète pour lui. » Elle rit. « Vous imaginez un peu ? Je lui ai demandé s'il était malade.

— Peut-être l'était-il, fit Crane. Peut-être était-il allé prendre l'air.

— Non. » Ses lèvres dessinaient un mince sourire. « Il a vu... *ou il a fait*... quelque chose. »

Crane eut soudain conscience de la présence d'une autre personne dans la pièce. Il ouvrit les yeux, vit une paire d'escarpins gris argentés, une longue rangée de boutons d'argent, des épaules blanches. C'était Carmel March. Elle était vêtue d'une robe du soir noire, traversée en son milieu d'une rangée de boutons d'argent. Apparemment, elle était déjà là depuis un certain temps.

Elle s'approcha et vint se planter juste en face d'Alice. « Salope ! lui dit-elle. Espèce de grasse et chiatique salope. » Sa voix était dure.

Elle se pencha et gifla Alice sur les deux joues, d'abord la droite puis la gauche. Les gifles claquèrent comme un sac en papier qui explose.

« Il y a si longtemps que j'en avais envie », dit-elle.

Alice était effrayée. D'un bond, elle se leva du fauteuil, protégeant son visage à l'aide de son bras gauche. « Toi, tu... », éructa-t-elle, avançant vers Carmel. Elle la griffa au visage, lui laissant sur le cou deux traînées rouges, parallèles.

Carmel gifla une nouvelle fois Alice. Elle l'envoya valser contre la table. La bouteille de whisky et le siphon d'eau de Seltz tombèrent, roulèrent sur la table, se fracassèrent sur le sol.

Alice, cherchant à tâtons une arme sur la table, trouva les magazines et les jeta au visage de Carmel. Elle sanglotait, elle haletait. Elle se rua brutalement sur Carmel, l'attrapa à bras-le-corps.

Pendant cinq secondes, les deux femmes s'empoignèrent, les yeux blancs de fureur, leur bouche écarlate affreusement tordue, le visage décomposé. Un air de valse, où dominait la douce musique des violons, couvrait par intermittence leur respiration bruyante. Les ongles vernis d'Alice, couleur mandarine, jaillirent dans la lumière et déchirèrent le cou de Carmel. Aussitôt, un autre coup de griffe lui entailla l'épaule et arracha l'une des bretelles de sa robe du soir, découvrant à demi son soutien-gorge blanc. Alice, enserrant le cou de son adversaire entre ses deux bras, tenta de la jeter au sol. Carmel la mordit cruellement à l'un de ses avant-bras.

Le hurlement d'Alice meurtrit les tympans de Bill Crane.

Se dégageant des bras qui l'emprisonnaient, Carmel balança à Alice un formidable coup de poing. Elle prit son élan et la frappa une deuxième fois. Perdant l'équilibre, Alice s'affaissa contre le mur, glissa sur le sol, resta un instant en position assise, puis s'étala de tout son long, sur le côté gauche. Des gouttes de sang coulaient de sa morsure au bras.

Carmel, se penchant sur elle, l'observa. Elle était effrayée. « Elle n'est pas… ? » commença-t-elle.

Incapable de détacher son regard du corps d'Alice, Carmel arrangea son soutien-gorge, remit de l'ordre dans ses vêtements. « Occupez-vous d'elle, ordonna-t-elle. Regardez si elle est morte.

— Ça m'étonnerait. » Crane se leva. Il se pencha à son tour sur Alice. « Non, elle respire encore.

— Dieu soit loué ! » Carmel s'assit dans le fauteuil d'Alice. « Quel horrible spectacle !

— J'ai déjà payé dix dollars pour des combats plus minables.

— Si je l'avais tuée... »

Ils entendirent un bruit de pas dans le couloir. Le Docteur Woodrin et Ann apparurent à la porte des toilettes. « Quelqu'un a-t-il... » commença le Docteur. Il aperçut Alice. « Mon Dieu ! Que s'est-il passé ?

— Juste une petite bagarre » fit Crane.

Le Docteur, s'agenouillant auprès d'Alice, lui tâta le pouls. Il la coucha sur le dos, et dit : « Apportez-moi un coussin. » Ann ayant également rapporté deux serviettes humides de la salle de douches, il en enveloppa son visage. Pour soigner son bras, Ann trouva dans l'armoire à pharmacie de la teinture d'iode et des pansements.

Carmel, les regardant faire, était d'une pâleur extrême. Inquiet, Crane lui glissa de force un verre entre les mains. « Buvez ça.

— Je vais bien, dit-elle.

— Que s'est-il passé ? reprit Ann.

— Elles ont eu une petite explication, dit Crane.

— Alice était ivre », dit Carmel.

Le Docteur Woodrin, toujours agenouillé, lui jeta un regard perçant. « Cela ne change rien. » Il s'adressa à Crane : « Il n'y aura pas de scandale, si nous savons rester discrets.

— Je vais appeler les journalistes, plaisanta Crane. Mais... »

Carmel l'interrompit. « Elle s'en sortira ?

— Bien sûr. » Le Docteur Woodrin avait plus que jamais l'air d'un garçonnet, avec ses cheveux noirs coupés en brosse, et ses joues roses et blanches.

« Je crois que c'est l'alcool qui l'a assommée. Ce n'est

pas une commotion.

— Vous devriez examiner les blessures de Carmel » dit Crane.

Ann tendit au docteur un flacon d'alcool. Il nettoya les plaies causées par les coups de griffes.

Alice gémit, se redressa. Elle les regarda d'un œil vide. « Je ne me sens pas bien » fit-elle.

Le Docteur Woodrin l'aida à se remettre debout. La tenant par la taille, il lui fit faire quelques pas chancelants. « Vous devriez aller vous étendre cinq à dix minutes, conseilla-t-il. Je vais vous donner de l'ammoniac.

— Il y a des couchettes, près des douches » précisa Carmel.

Le médecin conduisit Alice dans le fond de la salle. Ann contemplait Crane avec curiosité. « Comment as-tu fait pour ne pas être blessé ?

— C'était un combat privé. »

Carmel fit : « Pas suffisamment privé, à mon goût. » Elle tourna vers Crane ses grands yeux noirs. « Vous ne croyez pas tout ce...

— Elle était ivre, dit Crane.

— Merci » dit Carmel.

Le Docteur Woodrin revint. « Elle ira beaucoup mieux dans un moment. » Il se retourna vers la porte : « Hello ! Qui est là ? »

C'était Williams. Il avait les yeux brillants. « M. Crane, dit-il.

— Qu'est-ce que c'est ?

— J'ai quelque chose à vous montrer. Dehors.

— Quoi ?

— Vous feriez mieux de venir. Le toubib aussi. »

Quelque chose dans le ton de sa voix les incita à le suivre. Crane marcha à côté d'Ann, dans le couloir qui menait à l'entrée de service.

« Ne m'avais-tu pas fait la promesse de ne plus boire ? dit Ann.

— Je n'ai presque rien bu. » Il lui vint une idée. « Là, c'était pour mon travail. »

Elle estima que ce n'était pas une excuse valable. « Je croyais que nous devions être très gentils, l'un avec l'autre, ajouta-t-elle.

— Nous le serons. » Il essaya de lui prendre le bras, mais elle le repoussa.

« M'abandonner une heure pour te saoûler en compagnie de Carmel, tu crois que c'est une marque de gentillesse ?

— C'était avec Alice.

— Es-tu obligé de les appeler par leurs prénoms ?

— Tu appelles bien Peter, Peter.

— C'est différent » dit-elle, furieuse.

Dehors, une bise aigre, piquant les narines, leur donna mal à la tête.

« Par ici » fit Williams.

Avançant sur la cendrée, ils s'engagèrent dans un étroit et sombre passage, formé par les voitures en stationnement, et s'arrêtèrent à proximité d'une grosse voiture noire. Crane sentit immédiatement qu'il s'était passé quelque chose d'anormal dans cette voiture, mais il était incapable de dire quoi. Trois choses bizarres attirèrent son attention : le moteur tournait ; une brume grise, aussi épaisse que de la vapeur, s'échappait de la vitre arrière-droite ; un homme, blotti contre la portière avant-droite, à la place du passager, semblait endormi. Mais Crane savait que l'homme ne dormait pas.

« J'ai entendu le bruit du moteur » expliqua Williams.

Crane ouvrit très rapidement la portière avant et aida le Docteur Woodrin à sortir le corps. Il retint sa respiration, en passant la tête dans la voiture. Dès que le corps fut allongé sur le sol cendré, il s'écarta pour permettre au Docteur Woodrin de s'agenouiller près de la tête de la victime.

« Talmadge March ! » s'écria Carmel, d'une voix si

cassée qu'elle fit courir des frissons dans le dos de Crane.

Même à la lumière pâle de la lune, Crane pouvait constater que le visage de Talmadge n'avait pas sa couleur normale. Il était pourpre, mais à la lumière du jour, il serait cramoisi. La teinte habituelle des victimes de l'oxyde de carbone.

Le Docteur Woodrin se releva. « Nous ferions mieux d'appeler le coroner. » Sa voix avait la froideur d'un constat.

« C'est la voiture de Talmadge. Pourquoi n'est-il pas assis à la place du conducteur ? s'étonna Carmel.

— Je ne sais pas », dit Crane.

Crane retourna à la voiture, passa sa tête à l'intérieur, coupa le contact. Il renifla avec beaucoup de précautions.

Lourde, douce, écœurante, l'odeur du gardénia emplit ses narines. L'excitation accéléra les battements de son cœur.

15

Dehors, à cinq heures du matin, la nuit était noire comme de la suie. La sonnerie du réveil avait la vibration d'un appel téléphonique longue-distance. William Crane s'empressa de la faire taire. Il enfila son pantalon de velours côtelé marron et une chemise de flanelle grise. Le vent glacial lui mordait les chevilles.

Dans la cuisine, au rez-de-chaussée, Williams faisait frire des œufs.

« Où est Ann ? » demanda Crane.

Williams lui tendit une feuille de papier :

BILL,
Je serai de retour avant minuit. J'ai une idée.
ANN

« Quand est-elle partie ? s'enquit Crane.

— Il y a environ une demi-heure. Je l'ai entendue sortir. C'est ce qui m'a réveillé.

— J'espère qu'elle ne va pas s'attirer d'embêtements » dit Crane.

Le petit déjeuner préparé par Williams était succulent. Ils mangèrent chacun cinq œufs, essuyant avec du pain le jaune resté au fond de leurs assiettes. Ils burent tout le contenu de la cafetière.

Crane, rassasié, lâcha un rot, et dit : « Avec la mort de Talmadge, ils ne viendront peut-être pas. »

Williams s'essuya la bouche, à l'aide d'une serviette à carreaux rouges et blancs. « Un incident bénin tel qu'une nouvelle mort dans la famille n'empêchera jamais les

March de sacrifier à un rite important... comme une chasse aux canards.

— Ils continuent à prétendre que les morts sont accidentelles, fit Crane. Je ne les comprends pas.

— Ils sont peut-être encore plus effrayés à l'idée de soutenir le contraire. »

Crane passa dans le vestibule. « Il faudra examiner le pot d'échappement de la voiture de Talmadge. Je dois être certain qu'on y a attaché un tuyau. Je n'ai pas voulu être trop curieux devant les autres, la nuit dernière.

— Je m'en occuperai, dit Williams.

— Vois si tu peux glaner des renseignements au Country Club. Et tâche de savoir où était le Docteur Woodrin avant que tu ne découvres Talmadge.

— Tu crois que c'est lui ?

— Je ne sais pas. Un docteur pourrait très bien imaginer le coup du gaz.

— Mais quel serait son mobile ? » Williams était sceptique. « Le seul lien réel que l'on puisse établir entre les March et lui, c'est le terrain de chasse, qui ne vaut pas grand'chose, et qui ne lui appartient pas.

— Il désire peut-être Carmel. » Dans la cour, quelqu'un donna un coup de klaxon. « De toute façon, je le surveillerai, dit Crane. A bientôt. » Il s'arrêta près de la porte. « Pendant mon absence, cherche aussi à savoir pour quoi Talmadge, dans sa propre voiture, n'était pas assis à la place du conducteur. »

Peter March l'attendait. A sa tête, on devinait qu'il n'avait pas dormi. Il prévint Crane qu'ils prendraient en passant son père et le Docteur Woodrin. « Le Juge Dornbush se rendra là-bas par ses propres moyens » ajouta-t-il.

En entendant l'avertisseur de leur voiture, le Docteur Woodrin passa la tête à la fenêtre de sa chambre. « J'arrive » cria-t-il. Il portait une veste de pyjama bleue.

Cinq minutes après, ils retrouvaient Simeon March. Le vieil homme commençait seulement à prendre son petit déjeuner. « J'y vais avec ma voiture, dit-il. D'ailleurs, tu conduis trop vite, Peter. »

Il fit une allusion à la mort de Talmadge. Il ne dit rien à Crane, mais il le regarda fixement et Crane comprit qu'il était viré. Il le sut aussi clairement que s'il avait reçu une lettre de congédiement.

« On se verra là-bas, Papa » dit Peter, en partant. Il était un petit peu gêné.

Le Docteur Woodrin était au volant. Il conduisait très vite, mais c'était un excellent conducteur. Crane se rappela qu'il avait jadis conduit des ambulances dans les champs de pétrole de l'Oklahoma. Il se demanda ce qu'il ferait si Simeon March le flanquait à la porte. Ce serait une terrible humiliation. Il songea à Ann. Peut-être avait-elle du neuf ?

Il demanda au Docteur Woodrin si on allait pratiquer l'autopsie du corps de Talmadge. Le docteur pensait que non.

« Mais on ne va pas prévenir la police ou quelqu'un ? » insista Crane.

Une rafale de vent déporta le véhicule sur la gauche. Des nuages cachaient le soleil ; une lumière grise inondait le paysage ; les arbres, les champs étaient comme filtrés à travers des verres fumés. Il faisait encore froid.

« Que pourrait-on leur apprendre qu'ils ne sachent déjà ?

— Eh bien… l'odeur du gardénia sur les corps. »

Le Docteur Woodrin sourit. « J'aimerais voir la tête du vieux chef Auerbach quand vous lui raconterez que les corps sentaient le gardénia. Il vous bouclerait aussitôt en cellule. »

Le « rendez-vous » de chasse était une ferme, construite sur une colline, au milieu de chênes et de hêtres. Juste à l'endroit d'où partait le chemin de gravier, une pancarte indiquait : « Coon Lake — 1 km 600 ». La campagne était ondoyante et entièrement recouverte d'une forêt épaisse. La terre était riche et noire.

Un homme trapu, vêtu d'une salopette bleue, les attendait à la porte. « Du bon temps froid, Doc » fit-il. En plein vent, son visage avait la couleur d'un hamburger cru.

Crane apprit son nom : Karl Johnson. Ses fils et lui s'occupaient du territoire de chasse, sous la direction du Docteur Woodrin. Un chien tacheté noir et marron était couché à ses pieds. Il les invita à entrer dans la maison.

La pièce centrale était meublée avec de gros fauteuils et deux canapés en cuir qui avaient sans doute été déménagés de la salle à manger et du salon de Simeon March. Le sol était jonché de couvertures indiennes, aux couleurs éclatantes. A l'arrière de la salle, dans un renfoncement, il y avait un petit bar. Le Juge Dornbush, le visage tout rose, était déjà en train de se verser un whisky.

Karl proposa à Crane un fusil 16 à deux coups, et demanda si cela lui convenait. « Bien sûr » fit Crane. Le Docteur Woodrin lui tendit une paire de gants, qu'il était allé chercher dans une autre pièce.

Karl leur indiqua les lieux où ils allaient devoir se mettre à l'affût. « Le doc et vous, M. Crane, vous irez à Coon Lake. Je vous emmènerai en canoé jusqu'à la planque. » Il affecta le Juge Dornbush à Woods'Hole et Peter à Mallard Lane. « J'enverrai M. March vous rejoindre, dès qu'il arrivera » précisa-t-il à Peter.

Le Juge Dornbush tenait son fusil à la main. « Allons-y, fit-il. Il est déjà presque sept heures. » Le fusil avait des ornements en argent ; sa crosse était ciselée.

A mi-distance du sommet de la colline, le Juge et Peter, suivis de deux des fils Johnson, bifurquèrent à droite. Ils empruntèrent un chemin sinueux, à travers un rideau de chênes et de hêtres.

« Bonne chance ! cria Peter.

— Merci, répondit Crane.

— Il y a plein de trous d'eau, en-bas, dit Karl. A

chaque printemps, la rivière les remplit. »

Crane, surpris, constata qu'il n'y avait aucun marécage. La terre restait ferme sous les pieds, même aux endroits les plus proches de l'eau. Elle était noire, et dégageait une odeur de feuilles en putréfaction.

« Il doit y avoir des poissons-chats dans ces trous » fit-il.

Karl hocha négativement la tête. « L'eau est pleine d'huile. Ça les tue. »

Ils arrivèrent à un petit lac. Une rivière peu profonde prenait sa source à l'une de ses extrémités, ce qui lui donnait un peu la forme d'un têtard. Une herbe fine poussait près du rivage ; dix mètres plus loin, c'étaient les herbes folles. L'eau avait une couleur étrange ; iridescente, avec du bleu, du violet et du vert.

Karl tira des buissons un canoé marron. Effrayés, trois corbeaux quittèrent un érable jaune ; ils s'envolèrent en protestant de tous leurs croassements. Le chien de chasse, tacheté noir et brun, déboucha d'on ne sait où. Il essaya de grimper dans le canoé, mais Karl le repoussa avec la pagaie.

Le vent froid soufflait par rafales près de la planque, de l'autre côté du lac Coon. Karl immobilisa le canoé, le temps qu'ils descendent, tenant à la main leurs fusils et trois boîtes de cartouches.

« Je vais attendre M. March. » Karl écarta le canoé du rivage à l'aide de sa pagaie. « Je reviens aussitôt. »

C'était la planque de chasse la mieux conçue que Crane ait jamais vue ; en ciment, bordée de pins. A l'intérieur, il y avait deux tabourets. Crane remarqua que lorsqu'il s'asseyait, sa tête se trouvait juste à la hauteur des roseaux. Devant l'abri, deux douzaines d'oiseaux en bois, qui servaient d'appâts, flottaient patiemment.

Le Docteur Woodrin regarda sa montre : « Il est sept heures moins deux. »

Crane, engageant deux cartouches dans son fusil,

contempla le paysage. Derrière lui, à huit cents mètres environ, il y avait un pont planté d'arbres, alignés selon un dégradé des couleurs, du jaune-potiron au rouge-tomate. Une bourrasque de vent souleva sa chemise de flanelle.

« On va tirer chacun son tour, dit le Docteur Woodrin. « Vous d'abord.

— Sur quoi ? demanda Crane.

— Vous allez bientôt les voir. »

Ils attendirent dix minutes. Crane se félicita d'avoir pensé à enfiler des chaussettes de laine. Il entendit sur sa droite deux coups de feu successifs.

« Peter March », fit le Docteur Woodrin. Il ajouta précipitamment : « Regardez ! »

Deux malards, qui volaient à soixante mètres environ au-dessus d'eux, descendaient vers l'eau. Ils tournoyaient prudemment, observant les appâts de leurs yeux noirs et brillants. Ils filèrent comme une flèche, puis ralentirent leur vitesse, pour se poser en douceur sur le lac. Crane épaula. Il abattit le mâle.

La femelle, virant sur l'aile, s'éloigna sur la gauche. Le docteur la toucha juste avant qu'elle soit hors de portée. Elle dégringola la tête la première dans les roseaux.

« Joli tir, dit Crane.

— Merci » dit le docteur. Il rechargea son fusil.

Il devait y avoir un abondant gibier d'eau. Crane entendait sur sa droite une succession de coups de feu, et dans le lointain, par intermittence, une double détonation. Il supposa que c'était le Juge Dornbush, à Wood's Hole.

Cinq souchets apparurent soudain. Venus de l'autre côté du lac, ils tournoyèrent au-dessus de leurs têtes. Crane se prépara à faire feu. Deux des canards descendirent vers les appâts, mais Crane se retint de tirer. Il espérait qu'ils descendraient tous les cinq, ce qui permettrait au Docteur Woodrin de tirer en même temps que lui.

« Allez-y, dit le Docteur Woodrin. Tirez. »

Crane abattit le premier canard. Immédiatement après le

coup de feu, alors que le souchet dégringolait vers l'eau, il perçut comme un sifflement, suivi d'un bruit qui ressemblait à un coup de marteau sur un petit clou. Le Docteur Woodrin, prenant tout son temps, toucha l'autre canard.

Crane sentit ses cheveux se hérisser sur sa nuque. Quelque chose l'inquiétait, qu'il ne parvenait pas à définir exactement. Il se rassit sur son tabouret.

« Vous rentrez vite », remarqua le Docteur Woodrin.

Quelques instants plus tard, une nuée de sarcelles obliqua dans leur direction. Le Docteur en eut une ; Crane une autre, mais du deuxième coup. Il se dit que les sarcelles seraient plus faciles à atteindre si elles étaient plus grosses. Il perçut à nouveau le sifflement et vit de l'eau gicler juste devant lui. Il observa les minuscules bulles, et s'assit.

Le docteur était assis, lui aussi. « C'est fini pour moi. » Il alluma une cigarette. « A vous de tirer, maintenant. »

Crane examina le bois sur la façade de l'abri. Il découvrit un trou sur le rondin supérieur. Un trou récent, assez large pour y enfoncer son petit doigt. Il glissa de son tabouret et s'assit sur le sol.

« Qu'est-ce qui vous prend ? demanda le Docteur Woodrin.

— Vous feriez mieux de me rejoindre, dit Crane.

— Pourquoi ?

— Je crois que quelqu'un nous tire dessus. »

Le docteur pensait sûrement qu'il était devenu fou. Crane lui montra le trou dans le bois. Le docteur se redressa pour le regarder. Crane le força à se rasseoir sur son tabouret. Une fraction de seconde plus tard, le sifflement recommença.

« Vous avez entendu ? demanda Crane.

— Vous avez trop d'imagination.

— Mais le trou ?

— Un insecte.

— Ecoutez ! » Crane ôta son chandail, en entoura le fusil, plaça son chapeau au bout du canon. Il brandit l'arme au-dessus de la planque. Il y eut un sifflement, suivi d'un son assourdi. Il abaissa le fusil vers lui, mais il ne trouva aucun trou, ni sur le chapeau, ni dans le chandail.

« Raté ! dit-il.

— Mon Dieu ! » Le Docteur Woodrin se jeta sur le sol près de Crane. « Pourquoi nous tire-t-on dessus ? Je n'ai pas entendu la détonation.

— Un silencieux.

— Qu'allons-nous faire ?

— Je ne bouge pas d'ici, dit Crane.

— On ne peut quand même pas se terrer toute la journée.

— Moi, si » fit Crane.

Après un silence qui dura plusieurs minutes, ils entendirent deux coups de feu du côté de Mallard Lane. Puis il y eut un léger sifflement. Crane se tapit sur le sol du mieux qu'il put. Il se demanda quelle sorte de balles le tireur utilisait.

« Deux sarcelles, dit le Docteur Woodrin.

— Oh ! » Crane se détendit un peu. « Que fera-t-on, s'il franchit la palissade et se rue sur nous ?

— On attend qu'il soit suffisamment près, et on lâche nos cartouches. »

Si le type les attaquait, estima Crane, ils auraient très peu de chances de s'en sortir. D'abord, il pouvait les mettre en joue du haut d'un arbre, sur le rivage. Il pouvait aussi s'approcher à bord d'une barque. Crane doutait qu'un fusil chargé avec des plombs puisse stopper un homme à plus de quinze mètres.

« Ecoutez ! dit le Docteur Woodrin. J'entends venir une barque. »

Les mallards s'étaient envolés. Le vent agitait les feuilles mortes des arbres sur le rivage. Un coup de feu éclata dans le lointain. Ils entendirent, tout proche, comme un clapotis.

Le Docteur Woodrin chuchota à l'oreille de Crane : « On se lève tous les deux en même temps. Il aura peut-être l'un de nous, mais l'autre l'abattra. »

Crane acquiesça. Il libéra le cran de sûreté de son fusil, et s'accroupit, afin de pouvoir se relever d'un seul bond. Il ressentait des tiraillements au creux de l'estomac.

L'eau produisit un glouglou menaçant, juste à côté de l'abri. « Maintenant », fit le Docteur Woodrin.

Perdue dans la campagne, la vieille maison paraissait abandonnée. A la lumière grise de l'aube, elle semblait même inhabitée depuis fort longtemps. Elle était lugubre et désolée. Le silence qui l'enveloppait était sinistre. On aurait dit que la maison attendait que quelque chose se passe ; un événement brutal, violent, tragique. Ann était effrayée. Elle hésita un court instant. Delia Young dormait-elle ? Etait-elle seule ? Sa montre indiquait sept heures trente-cinq. Elle devait agir vite.

Elle avait retrouvé l'emplacement de la maison grâce à Dolly Wilson. Lorsqu'Ann l'avait réveillée, dans son minuscule studio du troisième étage, elle avait d'abord refusé de révéler où Delia se cachait. Elle avait peur. Ann l'avait rassurée, en lui affirmant qu'elle ne ferait aucun tort à Delia.

« J'ai juste quelques questions à lui poser », assura-t-elle.

Dolly crut qu'elle voulait l'interroger sur son mari. C'était vraiment une tristesse qu'un type marié à une aussi jolie femme qu'Ann coure après une fille comme Delia, songea-t-elle. Elle révéla à Ann l'adresse de Delia.

Le problème, maintenant, était de situer Delia dans la maison. Ann n'osait pas l'appeler, de peur d'attirer l'attention d'une tierce personne. Elle passa à travers un carré de groseillers laissés à l'abandon, et gagna la maison par l'arrière. Des boîtes de conserves rouillées, des ustensiles de cuisine usagés, des chiffons, des morceaux de carton étaient répandus sur le sol. Des bouts de fil de fer arrachés prouvaient qu'un poulailler, jadis, avait effectivement hébergé des poulets.

A côtés des marches menant à la cuisine, se trouvait l'entrée d'une cave, comme on les concevait autrefois, avec des portes inclinées. Avec le temps, le bois avait moisi et pris une teinte gris-marron. Il lui aurait été facile de soulever le loquet avec un simple morceau de bois. Elle ne fit pas de bruit, mais elle avait les nerfs à fleur de peau. Elle était tendue, et avait l'impression qu'on l'épiait. Elle regarda les murs de la maison. Des volets verts dissimulaient les fenêtres.

Elle eut besoin de tout son courage pour soulever la demi-porte droite oblongue de la cave. La lumière éclaira en biais un escalier couvert de mousse. Ann avait très peur, mais elle se força à descendre les marches une à une. La cave était très sombre, très humide et très effrayante. L'air sentait bon la terre et l'herbe, comme sur la berge d'une rivière, mais il contenait quelque chose qui la faisait suffoquer, l'empêchait de respirer normalement. Ses yeux s'habituèrent progressivement à l'obscurité. Elle discerna les contours grossiers de plusieurs caisses en bois, deux chevalets de menuisier, un fauteuil cassé et une planche sur laquelle on avait posé des auges de maçon.

Noir, volumineux, un escalier d'aspect rudimentaire s'élevait mystérieusement à l'autre bout de la cave. Elle se dirigea vers lui, en marchant sur la pointe des pieds. Elle pouvait entendre distinctement son cœur battre très fort et ses oreilles bourdonner. Comme il lui était impossible de retenir sa respiration, l'air humide et terreux lui donnait la chair de poule. Elle avait du mal à ne pas perdre l'équilibre sur ses chaussures à talons aiguille.

Elle perçut un étrange froissement. Elle resta sur place, glacée de terreur pendant une brève seconde, mais le bruit avait cessé. Elle avança d'un pas. Rien. Elle fit encore un pas en avant, puis un autre, et un autre... Une chose flasque, écrasée sous son pied, poussa un faible gémissement. Elle pensa qu'elle avait écrasé une petite bestiole dodue. Elle n'osait pas bouger son pied. Ses doigts tâtonnèrent à la recherche d'une allumette. Elle en trouva une, l'alluma, l'inclina vers le bas.

Elle avait marché sur un champignon. Le sol entier de la cave était jonché de champignons ayant un chapeau marron. A la flamme de l'allumette, leurs pieds blancs semblaient d'une pâleur cadavérique. On aurait dit une forêt naine et grotesque. La flamme vacilla ; quelque chose grinça dans son dos. Elle se retourna et au moment même où l'allumette s'éteignait, elle aperçut un énorme rat qui la contemplait.

Elle courut jusqu'à l'escalier. Elle écrasa deux autres champignons qui suintèrent d'une façon répugnante sous son pied, mais elle ne s'arrêta pas. Elle n'avait qu'un désir : trouver refuge sur les marches. A l'autre bout de la cave, elle fut brutalement happée par l'obscurité. Elle dut deviner son chemin et faire attention de ne pas tomber. Finalement, son pied gauche rencontra la première marche, et elle commença à grimper.

Arrivée sur le palier, elle chercha à tâtons le bouton de la porte, mais elle retira vivement sa main au contact d'une toile d'araignée. Elle gratta une allumette, repéra la clenche, éteignit la flamme. La porte s'ouvrit avec un léger grincement. Elle inspecta la cuisine.

Des stores bleus et d'épais contrevents changeaient en masses sombres les meubles de la pièce. Deux chaises à la peinture écaillée et une table trônaient au milieu de la cuisine. La table était recouverte d'assiettes et d'une marmite en métal où pullulaient les mouches. Une pompe à eau en fonte était installée à l'une des extrémités d'un vaste évier. Elle entrouvrit encore un peu plus la porte et pénétra dans la pièce. Une lame du plancher craqua sous ses pieds. Des reliefs d'œufs au plat pourrissaient dans deux assiettes sales. Une araignée avait même tissé sa toile entre l'une de ces assiettes et la marmite.

La présence de l'araignée signifie que personne n'a mangé dans cette cuisine depuis très longtemps, songea Ann. Elle se demanda si Delia était morte. La maison semblait vide. Elle eut soudain le pressentiment que Delia était morte, que son corps gisait quelque part dans la maison. Elle sentit naître au fond d'elle une terreur encore plus affreuse. La cuisine sale, baignant dans la lumière bleue, devenait aussi sinistre que la cave.

Elle inspira profondément, avança, et cria comme une démente. Des mains l'agrippaient par derrière, serraient sa poitrine, trouvant finalement sa bouche. Des mains puissantes, qui sentaient le tabac. Elle se débattit, essayant de respirer, mais elle ne réussit pas à se libérer. Elle ne pouvait plus aspirer l'air. La pièce bleue devenait de plus en plus floue...

16

Ils se levèrent tous les deux en même temps, épaulèrent, mais ils ne tirèrent pas. Karl Johnson était assis à l'arrière du canoé brun, tenant sa pagaie à deux mains. Il eut l'air d'abord effrayé, puis amusé.

« Vous essayez de me faire peur ? demanda-t-il.

— Vous faire peur, foutre non, répondit le Docteur Woodrin. Un type nous a canardés avec un fusil. »

Crane scruta la colline recouverte de feuilles jaunes, mais il ne découvrit rien. « De là-haut, sans doute », fit-il.

Karl fut immédiatement convaincu, lorsqu'ils lui montrèrent le point d'impact de la balle sur le rondin de bois de l'abri. « Partons, dit-il. Je vais prendre mon 30-30. »

Ils se dépêchèrent de rentrer à la ferme. Peter fumait une cigarette devant le feu de bois. « Vous avez été long, dit-il. J'ai mis dix minutes pour traverser la forêt. »

Il lui relatèrent l'épisode des coups de feu. Ils prirent tous leurs fusils et gravirent la colline. Karl repéra immédiatement un amas de feuilles de chêne de couleur marron. « On dirait que quelqu'un s'est couché ici. » Il farfouilla dans le tas de feuilles. « Regardez. »

C'était une petite balle de cuivre. Elle avait le même diamètre que les balles du 22 « long rifle », mais elle était plus longue.

« Ça ne pourrait blesser personne, objecta Peter. Un 22 « long rifle » ! »

Crane prit la balle dans sa main. « Détrompez-vous, fit-il. C'est un 220 Swift. Le fusil le plus petit et le plus meurtrier qui soit au monde. Une de ces balles abat un élan en pleine course. »

Ils regardèrent la petite balle avec un respect accru.

« Vous n'avez vu personne ? demanda Crane.

— Non, Monsieur. J'ai attendu M. March à la ferme. Quand j'ai vu qu'il n'arrivait pas, je suis revenu vers vous. »

Crane trouva suspecte la longue attente du gardien. « Pourquoi n'avez-vous pas téléphoné chez M. March, pour vérifier s'il était bien parti ?

— Personne n'a le téléphone, par ici. »

Un examen minutieux du sol leur permit de découvrir trois autres balles et une épingle à cheveux noire. « Une femme ? demanda Peter, incrédule.

— Ça m'en a tout l'air », dit Karl.

Crane ramassa l'épingle, la mit dans sa poche. Ils cherchèrent l'endroit où les assaillants avaient garé leur voiture. Karl leur affirma qu'il savait où la voiture avait dû quitter le chemin de gravier.

Marchant un peu à l'arrière des autres, Crane tentait de remettre de l'ordre dans ses pensées. Il comprit que c'était lui qu'on visait. Une chance, vraiment, que ce soit une journée de grand vent, songea-t-il ; autrement, le tireur, homme ou femme, l'aurait abattu. Il se demanda quel avait été l'emploi du temps de Peter, quand il avait eu fini de chasser le canard.

« Regardez ! » dit Karl.

Il y avait des traces de pneus sur un étroit chemin, en bas du versant opposé de la colline. La voiture avait été garée derrière des buissons. Elle était repartie par où elle était venue, à moins de deux cents mètres de la route de graviers. Crane ne reconnut pas la marque des pneus. C'était une variété, commerciale depuis plusieurs années, qui laissait dans la terre molle comme une série de petits cratères.

Personne ne fut très loquace pendant le trajet du retour. Crane pensait qu'on l'avait peut-être suivi depuis Marchton. Il regretta d'avoir assommé le barman du

« Chat Cramoisi ».

Ils avaient pratiquement rejoint la ferme lorsqu'une décapotable verte, avec le toit ouvert, quittant le chemin de gravier, s'engagea sur l'allée. La voiture était encore trop loin pour qu'ils puissent reconnaître le conducteur.

Le Juge Dornbush les attendait devant la porte. Il souriait. « Alors ! Votre tableau de chasse ? Moi, j'ai eu une sarcelle jaune. »

Ils s'apprêtaient à lui raconter l'agression commise par les inconnus, quand déboucha la décapotable. Elle freina, sur un long dérapage. Carmel, portant son manteau de vison par-dessus un chandail brun et une jupe de tweed marron, sauta de son siège. « Peter, cria-t-elle. Peter ! »

Ils la regardèrent. Elle courut vers eux, gardant difficilement l'équilibre sur ses chaussures à talons aiguille. Son visage était décomposé.

« Papa ! hoqueta-t-elle. ...Dans le coma... le gaz...

— Il est mort ? interrogea Peter.

— Non ! fit Carmel. Pas encore. »

Carmel rentra en ville dans la voiture de Peter. Le Docteur Woodrin et Crane lui empruntèrent sa décapotable verte. Le docteur semblait bouleversé par ce qui venait d'arriver à Simeon March.

« Il ne peut pas avoir été asphyxié par le gaz, dit-il.

— Si, pourtant, fit Crane.

— Ce n'est pas sérieux.

— Plusieurs personnes ont déjà été asphyxiées ainsi, reprit Crane.

— Ce n'est pas possible. » Le Docteur Woodrin lança la voiture sur la route nationale, après un dérapage contrôlé sur le gravier. « C'est insensé. »

Il resta silencieux, les yeux braqués sur la route sinueuse. De temps à autre, il remuait les lèvres, mais Crane ne parvenait pas à comprendre ce qu'il disait. Il semblait très tourmenté. Malade, même.

Crane était étonné de le voir aussi secoué. Pourquoi n'avait-il pas montré une pareille émotion, lorsque Talmadge March avait été asphyxié ? Evidemment, il avait peut-être fini par se rendre compte que les morts des trois March n'étaient pas accidentelles. Dans ce cas, il avait des raisons d'être inquiet.

Le Docteur Woodrin descendit de voiture devant l'hôpital. « Je vais voir ce que je peux faire, dit-il. Voulez-vous rendre le cabriolet à Carmel ?

— Bien sûr. »

Crane rentra chez lui. Il tira le frein à main, puis il atterrit les deux pieds en avant dans un parterre de dahlias. Williams apparut sur le perron, les yeux luisants de curiosité.

« Où est Ann ? demanda Crane.

— Pas encore rentrée. » Williams lorgnait la décapotable. « Où as-tu ramassé cette guinde, avec toute sa tuyauterie ?

— Elle appartient à Carmel » répondit Crane, en se dirigeant vers la maison. L'absence d'Ann commençait à le tracasser.

« La chasse a été bonne ? s'enquit Williams.

— Lamentable, fit Crane. Ils m'ont manqué. »

Attrapant une carafe de whisky, il se versa un verre. Il apprit à Williams ce qui venait d'arriver à Simeon March, et lui fit un vivant résumé de l'attentat manqué au Club de Chasse. Il était si retourné par son récit, qu'il se versa un autre verre.

« Tes suspects te donnent bien du fil à retordre, on dirait » nota Williams, s'emparant à son tour de la carafe. « Tu soupçonnes Talmadge ; on le tue. Tu surveilles le toubib et toutes ses manigances ; tu es son meilleur alibi pour la tentative de meurtre contre le vieux March.

— Il y a d'autres suspects, dit Crane.

— Le vieux est-il mort ? demanda Williams.

— Je ne sais pas.

— Qui t'a tiré dessus ?

— Je ne sais pas. »

L'air écœuré, Williams versa dans son verre le restant de la carafe de whisky. « Tu es en train de battre tous les records avec cette enquête.

— Et alors, je *suis* toujours en vie. »

Entre deux gorgées de whisky, Williams rapporta ce qu'il avait fait dans la matinée. D'abord, il avait examiné le pot d'échappement de la voiture de Talmadge, et il y avait trouvé des traces de caoutchouc.

« C'était tout gluant, dit-il. Ça m'a collé aux doigts. »

Mais sa découverte la plus importante, il l'avait faite au Country Club : Slats Donovan y avait été aperçu, peu de temps avant la mort de Talmadge, par le gardien.

Crane abaissa son verre : « Tu en es sûr ?

— Absolument. Thomas, le gardien, commandait toujours sa gnôle à Donovan, à l'époque de la Prohibition. Hier soir, devant sa loge, il a bavardé avec lui, croyant qu'il attendait un membre du club.

— Voilà qui place Donovan en tête de notre liste de suspects, dit Crane.

— Oui, mais je ne veux pas croire qu'un gangster se serve du gaz pour tuer », rétorqua Williams.

On sonna à la porte. Beulah fit entrer Peter March. Son visage était pâle et fatigué. Williams, l'ayant salué, quitta la pièce.

« Il vit ? demanda Crane.

— Difficile de se prononcer. Il est à l'hôpital.

— Le Docteur Woodrin s'occupe de lui ?

— Il aide Rutledge, le docteur appelé en premier.

— Comment est-ce arrivé ?

— Comme les autres... oxyde de carbone. On l'a trouvé dans le garage.

— Dans sa voiture ?

— Non. Il était tombé à côté. » La curiosité le fit hausser légèrement les sourcils. « Pourquoi cette question ?

— Je réfléchissais. » Crane lui jeta un regard bizarre. « Peter, seriez-vous contrarié, si je vous posais une question directe ?

— Bien sûr que non.

— Avez-vous vu Carmel dans l'auto de Richard, cette fameuse nuit, au Country Club ? »

La question de Crane fit à Peter l'effet d'un coup de poing dans la figure. Ses lèvres devinrent molles. Ses paupières s'affaissèrent sur ses yeux. « Comment le savez-vous ? »

Crane ne répondit pas.

« Carmel n'aurait pas dû vous le dire » fit Peter, après un long moment de silence.

« Avez-vous tué Richard ? demanda Crane d'une voix douce.

— Mon Dieu ! Non. » Ses yeux noirs paraissaient très effrayés. « Il a été tué par... Vous savez bien. » Ses yeux étaient maintenant furieux. « Et si ce n'était pas lui, pourquoi moi ?

— Je ne sais pas... Peut-être à cause de Carmel. » Crane observait ses mains, ses doigts qui tremblaient. « Vous n'avez pas avoué à Simeon March que vous étiez l'assassin, n'est-ce pas ? »

Le visage de Peter était blême. « Je ne comprends rien à tout ce que vous racontez. »

Crane continua : « Simeon March n'aurait pas simulé son agression pour vous fournir un alibi, et écarter les soupçons qui pèsent sur vous ?

— Vous êtes complètement fou. »

A la vérité, Crane ne croyait pas lui-même que le vieux March puisse agir de la sorte pour protéger Peter. En fait, plus vraisemblablement, il n'aurait pas hésité à remettre lui-même son fils à la police. « Possible que je sois fou, dit-il. J'ai un tas d'idées biscornues. »

Toute trace de colère avait quitté le visage de Peter. « Pourquoi pensez-vous que Richard, John et Talmadge ont été assassinés ?

— Trois morts dans la même famille, par absorption d'oxyde de carbone, ont tout de même de quoi vous intriguer.

— Cela ne me gêne pas de vous parler de Richard, dit Peter. Je n'ai rien fait dont je doive rougir. »

Peter avait remarqué une intimité grandissante entre Carmel et Richard, et il s'était inquiété pour John. Un soir, au Country Club, alors qu'ils s'étaient éclipsés tous les deux, il était sorti à son tour, et il les avait trouvés dans la voiture de Richard. Il avait demandé à Carmel de rentrer. Il voulait sermonner Richard, mais son cousin avait tourné de l'œil. Alors, il était revenu danser.

« Peter, avez-vous tout raconté à John ? demanda Crane.

— Non.

— Carmel ne vous a jamais confié qu'elle pensait que c'était John, et non vous, qui l'avait surprise dans la voiture de Richard ?

— Vous croyez que John n'est jamais sorti du club, ce soir-là ?

— Oui.

— Alors, le billet du suicide est un faux ?

— Pour moi, oui.

— Mon Dieu ! Pauvre John… » Il se préparait à sortir. « Je dois en toucher un mot au Juge Dornbush. » Il s'arrêta dans le couloir. « Faites mes amitiés à Ann.

— Je n'y manquerai pas. »

Williams réapparut aussitôt. Ils se servirent à boire.

« Je suis inquiet pour Ann, dit Crane.

— Oh, elle va revenir, fit Williams. Il n'est pas encore minuit. »

Crane téléphona à l'hôpital pour avoir des nouvelles de Simeon March. Il demanda à parler au Docteur Woodrin, mais on lui passa le Docteur Rutledge. Il lui révéla qu'il était un détective privé de New York. En réponse à ses questions, le docteur lui apprit qu'il n'y avait aucune contusion sur le corps de Simeon March. Aucune trace de lutte. De toute évidence, c'était un accident.

« Reprendra-t-il connaissance ? s'enquit Crane.

— S'il vit.

— Vivra-t-il ?

— Il y a cinquante chance sur cent. »

Crane lui demanda s'il savait où l'on avait mis les vêtements du millardaire. Ils se trouvaient dans la pièce voisine. Crane le pria d'aller les renifler.

« Quelque chose de bizarre ? » interrogea-t-il, quand le docteur revint au téléphone.

« Non.

— Vous n'avez pas senti une odeur de gardénia ?

— Non, répondit le Docteur Rutledge. Je n'ai rien senti du tout. »

Crane regagna le salon bleu et blanc, et répéta à Williams ce qu'il venait d'apprendre. Ils étaient, l'un et l'autre, très surpris par l'absence d'odeur de gardénia. Ils discutèrent de l'affaire jusqu'à l'heure du déjeuner. Ils allaient devoir vérifer qu'il y avait bien du caoutchouc sur le pot d'échappement de la voiture de Simeon March. Williams, pour sa part, persistait à penser que...

« Nous avons une flopée d'indices » dit Williams.

Cela ne suffisait pas. Ce que Crane voulait, c'était l'indice concluant. Scotland Yard travaillait toujours de cette manière. Les inspecteurs anglais isolaient toujours l'indice concluant, qui les menaient à l'assassin.

« Comment le reconnaîtras-tu ? demanda Williams

— Il apparaît obligatoirement dans chacune des morts.

— Le gaz ?

— Non.

— Le gardénia ?

— Simeon March ne sentait pas l'odeur du gardénia.

— Mais il n'est pas encore mort. »

Crane le regarda, les yeux écarquillés. « Là, tu viens peut-être de mettre le doigt sur quelque chose, Doc.

— J'aimerais quand même bien savoir où est Ann », fit Williams.

17

Il y avait bien cinq heures qu'Ann était partie, et désormais, même Williams était terriblement inquiet. De ses yeux noirs, il observait gravement Crane qui faisait les cent pas sur le tapis d'Aubusson bleu et blanc, dessinant une sorte de diamant approximatif. Ils étaient persuadés qu'Ann s'était attirée des ennuis. Demeurée à l'état latent, la crainte qu'elle ait été tuée envahissait de plus en plus profondément leur esprit. Il l'avait cherchée dans tout Marchton, et ils examinaient les moyens d'action dont ils disposaient encore.

Ils étaient entrés tous les deux au « Chat Cramoisi », et s'étaient rendus directement dans la salle de bar. Le crâne du barman était enveloppé de gaze. Dès qu'il les vit, il essaya de prendre quelque chose sous le bar.

« Non », dit Williams, sortant un revolver de sa poche.

Le barman leva les bras en l'air. Il donnait l'impression de chercher à atteindre avec son menton un comptoir imaginaire, juste au-dessus de sa tête. « Quand Slats reviendra en ville, dit-il, il vous le fera payer cher, les gars.

— Dommage qu'il ne soit pas là en ce moment, mon pote, reprit Williams.

— Où est-il, mon pote ? demanda Crane.

— Je ne sais pas, répondit le barman, maussade.

— Et tu sais où est Dolly Wilson ?

— Qu'est-ce que ça peut vous faire ? »

Williams se pencha au-dessus du comptoir. Il saisit une bouteille de whisky canadien. « T'as envie qu'on te rouvre la tête, mon pote ?

— Elle habite à Elm and Fourth, dans une pension de famille », avoua le barman.

Sur la robe brune de Mrs Grady, la transpiration avait imprimé des demi-lunes aux aisselles. « Vous la manquez à l'instant, mes garçons, fit-elle. Elle est partie pour New York, vers treize heures trente. » C'était une femme corpulente.

Une jeune femme blonde *s'était* effectivement entretenue avec Dolly, reconnut Madame Grady. Non, la blonde n'était pas partie avec elle.

Miss Wilson n'avait pas laissé d'adresse où lui transmettre son courrier, mais elle avait promis de lui écrire, dès qu'elle serait installée à New York. Elle ferait bien d'ailleurs, ajouta Mrs Grady, parce qu'elle avait laissé une petite note de neuf dollars. Peut-être que ces messieurs... ?

Allongée sur un canapé et blottie sous un édredon rose-pêche, Alice lisait un roman français broché d'un certain Vercel, en mangeant des bonbons. Elle ne semblait pas particulièrement secouée par la mort de Talmadge ou l'hospitalisation de Simeon March.

« Carmel et Peter viennent juste de partir pour l'hôpital, dit-elle. Vous ne voulez pas vous asseoir ? »

Crane déclina l'invitation. « Je passais simplement pour voir comment vous alliez. »

Williams était totalement d'accord avec lui : Alice ne gardait pas Ann prisonnière.

L'obscurité emplissait l'intérieur de l'immense garage de Simeon March. Le jardinier allemand leur indiqua l'endroit où l'on avait découvert le corps du milliardaire : sur le sol en ciment, à côté de la portière avant gauche — grande ouverte — de sa limousine favorite.

« Il a fait tourner le moteur, et le gaz s'est échappé, expliqua le jardinier. Il a dû tomber en ouvrant la porte. »

Crane admit que c'était possible. Il trouva cependant, comme il l'avait prévu, des traces de caoutchouc sur le pot d'échappement. En sortant du garage, il confia à Williams que le tuyau de caoutchouc avait sans doute été glissé par la vitre arrière, comme dans le cas des morts de Richard et de Talmadge.

« Alors, il aurait dû sentir le gaz ! objecta Williams.

— Pourquoi les autres ne l'ont-ils pas senti ?

— Richard était ivre, dit Williams. Et Talmadge avait un gros rhume. »

Il y avait là un élément à creuser.

Avant de rentrer à la maison, ils expédièrent un télégramme à leur agence de New York, suggérant qu'un détective intercepte Dolly Wilson à la gare, et lui demande ce qu'elle avait raconté à Ann.

A nouveau, Crane usait le tapis d'Aubusson à force de dessiner, avec ses semelles, son diamant imaginaire.

« On ne peut pas appeler la police, dit-il. Le meurtrier comprendrait que nous enquêtons sur l'affaire. » Il s'arrêta en plein milieu d'un pas. « Une chasse à l'homme effraierait probablement ce type. Il tuerait Ann, s'il ne l'a pas déjà...

— Je n'aime pas rester sans rien faire », dit Williams.

Crane traçait toujours son diamant imaginaire. « Notre agence deviendrait la risée de tous, si nous faisions appel à la police pour récupérer l'un de nos détectives.

— C'est quand même préférable à la mort d'Ann.

— En se portant volontaire pour ce boulot, elle a pris ses risques. » Il regardait Williams. « Un détective court toujours le risque d'être tué.

— Il faut qu'on fasse quelque chose », reprit Williams.

Crane dessina deux fois encore son satané diamant, puis il téléphona à l'hôpital : l'état de Simeon March était stationnaire.

Williams dit : « S'il se rétablit, le meurtrier tentera sûrement un autre coup.

— En fait, si l'assassin est malin, il trouvera un moyen d'en finir avec lui avant qu'il reprenne connaissance, ajouta-t-il. Pour l'empêcher de parler.

— Bon Dieu ! » fit Crane. Il donna un coup de téléphone au « *Globe* » de Marchton. Il eut le chef de la locale au bout du fil. « Ici, le Docteur Amos Crane de Chicago, mentit-il. J'ai quelques informations pour vous.

— Lesquelles ?

— Je viens juste de terminer un examen complet de Simeon March — je suis un spécialiste de l'asphyxie par absorption de gaz — et je suis convaincu qu'il se rétablira. Je pense même qu'il reprendra connaissance demain matin.

— Formidable. » Le journaliste ne dissimulait pas son excitation. « A quel hôpital appartenez-vous, Docteur ?

— L'hôpital presbytérien, mentit Crane. Mais je souhaite ne pas être cité. La déontologie, vous savez. En fait, j'aimerais que les médecins de votre ville n'aient pas connaissance de mon coup de fil. Je préfère coopérer avec la presse, sous couvert de l'anonymat.

— Eh bien, c'est vraiment chic de votre part, Docteur Crane. Voulez-vous continuer à nous tenir informés des suites de cette affaire ?

— Très volontiers. Et si vous désirez me contacter, je réside dans la maison de Richard March. Avec mon cousin, William Crane. Au revoir. »

Crane était très fier de sa dernière précision. Le fait qu'il logeait dans la maison de Richard March rendait son histoire plausible.

Williams le fixait de ses yeux brillants. « Où vas-tu ?

— Chez « March and Company »... choisir quelques gardes pour l'hôpital.

— Et ensuite... ?

— Je resterai toute la nuit dans la chambre de Simeon March.

— Je t'accompagne.

— Non. » Crane était déjà près de la porte. « Tu restes ici jusqu'à ce que tombe la première édition du « *Globe* ». Et rappelle-toi, jusque-là, tu es Doc Crane, le spécialiste de Chicago. »

18

L'éclairage de la chambre se réduisait à une simple veilleuse : une ampoule blafarde maigrement alimentée par un faible courant.

Dans un coin de la pièce, derrière un paravent, Crane, assis sur une chaise, attendait l'assassin.

Il avait décidé de l'attendre jusqu'à six heures, ce qui ne le réjouissait pas tellement. Plus horripilant encore que le remue-ménage qui ne manquerait pas de se produire à l'aube, le silence était tombé sur l'hôpital. On n'appelait plus les docteurs par haut-parleur. Presque personne n'empruntait les couloirs. Quelquefois, une infirmière passait devant sa porte, sur la pointe des pieds. A de longs intervalles, il entendait grincer le moteur de l'ascenseur électrique.

Crane essayait de se remémorer Ann, la dernière fois qu'il l'avait vue. Elle était pimpante et efficace, mais, songea-t-il, ses yeux verts et sa chevelure blonde comme la sciure s'étaient fourrés dans les pires ennuis, si elle était allée fouiner du côté du « Chat Cramoisi ». Lui, Crane, avait toujours admiré les blondes hâlées. La plupart des blondes... qu'est-ce que c'était ? Il retint sa respiration. Un souffle de vent froissa les rideaux. Il se détendit. A quoi pensait-il déjà ? Ah, oui. La plupart des blondes bronzent mal.

Il avait dû informer le Docteur Rutledge et le Docteur Woodrin qu'il s'attendait à ce qu'on agresse une seconde fois Simeon March. Ils avaient donné leur accord pour qu'il fasse le guet dans la chambre même du malade, et ils l'avaient autoriser à placer des gardes de la Société March devant les portes d'entrée et de sortie de l'hôpital. Aucun des deux docteurs ne prenaient son plan très au sérieux, mais l'infirmière de nuit, Miss Edens, une jolie fille aux cheveux noirs, était impressionnée. Elle passait la nuit dans une petite pièce communiquant avec la chambre de Simeon March.

Le Docteur Rutledge avait rendu visite à Crane à vingt heures, vingt-deux heures et minuit. « Tout est prêt, murmura-t-il, à son dernier passage. Des hommes gardent les portes, à l'entrée et à la sortie.

— Je souhaiterais qu'il y en ait un sous le lit », gémit Crane.

Le Docteur Rutledge sourit, et lui annonça que le Docteur Woodrin le remplacerait à trois heures.

Quelque part dans la nuit, une horloge sonna un coup, qui vibra comme un coup de gong. Crane se demanda s'il était une heure ou minuit et demie. Ou encore — espoir insensé — une heure et demie. Le vent froissa de nouveau les stores, et son cœur fit un bond violent. Le moteur de l'ascenseur grinça. Il y avait un claquement sec chaque fois qu'on ouvrait ou fermait ses portes métalliques. Le vent soufflait de plus en plus fort et les rideaux dansaient, tels des fantômes, dans la lumière blême. Il flottait dans l'air une odeur de chloroforme. Un petit globe bleu, branché dans le couloir, projetait sur le plafond de la chambre, par la partie vitrée de la porte, une ombre bizarre, pareille à celle d'un homme vêtu d'une longue cape.

Quelqu'un se pencha au-dessus du lit. Il était sur le point de dégainer son revolver, mais il s'aperçut que c'était l'infirmière.

« Mon Dieu ! fit-il. Ne m'effrayez pas comme ça.

— Vous étiez endormi.

— Je n'aurais pas dû. »

Elle avait une toute petite voix. « Puis-je faire quelque chose pour vous ?

— J'aimerais boire un coup.

— Mais, le Docteur Woodrin vous a fait parvenir du whisky.

— Trop peu.

— Pas si fort ! » Sa voix était douce. « Vous désirez autre chose ?

— Non, uniquement du whisky. »

On frappa un coup bref à la porte de la petite chambre où Miss Edens avait sa couchette. Elle se retira. Devant la fenêtre ouverte, les rideaux s'envolaient, presque parallèles au plancher. Il faisait un vent froid, continuel. Une porte claqua dans le couloir.

Miss Edens revint. « L'infirmère de garde a apporté un journal, dit-elle.

— Montrez ? »

Elle inclina la lampe de telle manière que le faisceau lumineux se perde sur le paravent. Dans la lumière safran, ils lurent :

SIMEON MARCH EST LA QUATRIÈME VICTIME
DE L'OXYDE DE CARBONE

« L'état de Simeon March, le premier citoyen de Marchton, s'est amélioré, la nuit dernière, à l'hôpital de la ville, où il est soigné à la suite d'un grave empoisonnement par absorption d'oxyde de carbone. Dimanche matin, il avait perdu connaissance dans son garage, situé à l'arrière de sa propriété, 1703 Park Street.

« En moins d'un an, c'est le quatrième membre de la famille March qui est victime d'un empoisonnement par absorption accidentelle d'oxyde de carbone. Les trois autres résultaient déjà de la fatalité.

« De toute façon, les chances de M. March de reprendre connaissance sont bonnes, selon les médecins qui lui ont rapidement injecté du bleu de méthylène, ultime remède en cas d'empoisonnement par absorption de gaz mortel. Il devrait, disent-ils, reprendre connaissance dans le courant de la matinée.

« Le corps inanimé du milliardaire avait été découvert par Mrs Minnie Kruger, 55 ans, résidant au 904 E, Troisième Rue, l'une de ses cuisinières. Mrs Kruger a raconté qu'elle s'était vivement inquiétée en ne voyant pas son patron ressortir du garage, et qu'elle avait couru pour... »

Le reste de l'article qui couvrait la première page du journal, était surtout consacré à la découverte du corps et à un résumé de la carrière du milliardaire. Crane se sentit un petit peu mieux. Le journaliste avait cru son histoire. L'assassin allait probablement la croire aussi. Il s'inquiéterait de ce que Simeon March pourrait révéler lorsqu'il reprendra connaissance.

Cependant, une seule chose importait vraiment : Qu'était-il arrivé à Ann ?

Miss Edens prit le journal, remit la lampe en place, lui donna une tape sur l'épaule, puis retourna dans sa petite chambre. Une gentille fille, songea-t-il.

Dehors, l'horloge répéta son bruit sourd : bong-bong. Il était deux heures du matin.

Il réfléchit à toutes les morts qui jalonnaient son enquête. Il y en avait un paquet — beaucoup trop, même. Il frissonna.

Morts : Richard March, John March, Talmadge March, peut-être Simeon March, et Lefty — comment s'appelait-il déjà ? Sur les cinq, trois sont morts de ce gaz silencieux, inodore, rampant comme un reptile, qui a rempli leurs poumons et rendu leurs corps cramoisis. Quel lien y avait-il entre eux ?

Et puis, il y avait Ann...

Cette affaire était un vrai merdier. Il se demanda ce que le Colonel Black, son patron, et l'oncle d'Ann, allait lui dire. Surtout avec la disparition d'Ann. Et Williams, où pouvait-il bien être ?

Il était content que la fenêtre soit ouverte. Supposons en effet que quelqu'un essaye de répandre de l'oxyde de carbone dans la chambre. L'idée était dingue, mais elle lui fit quand même froid dans le dos. Il était tout à fait possible de transporter le gaz pressurisé, comme l'oxygène, dans des containers en métal. Il serait alors incapable de déceler sa présence, à moins de s'apercevoir lui-même qu'il était en train de s'assoupir. Et il commençait à s'assoupir !

Il y a quelque chose d'horrible dans une mort par asphyxie au gaz. Peut-être est-ce le simple fait de mourir qui est horrible, mais ça ne lui semblait pas si terrible de mourir d'une balle de revolver, d'un coup de couteau, ou même au bout d'une corde. Possible, d'ailleurs, que ces morts lui paraissent naturelles parce que, depuis très longtemps, les gens meurent souvent ainsi. Par contre, le gaz, inodore, incolore, telle la magie vaudou, rampe sur le corps de sa victime, et lui donne rendez-vous, suffoquante, érubescente, avec une mort quasi-surnaturelle.

Le visage d'Ann, jeune, terrifié, lui remonta à la mémoire. Il ouvrit les yeux et observa les rideaux.

Simeon March se mit à gémir. A chaque expiration, son souffle faisait une sorte de *aaaaaaaaaaahaa*. Ses gémissements semblaient monter du plus profond de son organisme. Sa poitrine était comme une caisse de résonance. Il gémissait, semblait attendre une réponse qui ne venait pas, puis il re-gémissait.

Miss Edens entra dans la chambre.

« Ça va ?

— Ce n'est pas moi.

— Je sais. Mais vous, ça va ?

— Très bien.

— Bon. Je vais m'étendre un instant.

— D'accord. »

Une minute après, la lumière s'éteignit dans la chambre de Miss Edens. Il se cala un peu mieux sur sa chaise. Il faisait très froid.

Simeon March gémissait toujours. Dans le couloir, deux infirmières chuchotaient. Leurs voix assourdies prenaient des inflexions étrangères — une foule de « *s's* » et de « *th's* » lui revenaient aux oreilles. Dans la rue, quelqu'un essayait de démarrer sa voiture. Le moteur accrocha, toussa, bafouilla, et mourut.

Il doit bien être trois heures, songea-t-il. Il avait sans doute laissé passer deux heures trente. Juste comme il se posait la question, l'horloge sonna un unique bong. Les minutes avançaient vraiment avec la lenteur d'un escargot.

La demi-heure qui suivit lui parut une nuit. Il bougea un peu, mais il ne réussit pas à trouver une position confortable. Par moments, il tâtait sous son bras, pour vérifier que son revolver était toujours là. Il avait l'impression qu'on l'épiait, bien qu'il sache pertinemment que c'était impossible. Le type avait fini par démarrer sa voiture, et il était parti dans un bruit épouvantable de leviers de vitesses qui grincent. Simeon March gémissait encore. Il déplora que personne ne fasse rien pour le calmer.

Il se demanda ce qui pouvait être arrivé à Ann. Il se remémora les bons moments qu'ils avaient passés ensemble à New York. Il évoqua mentalement une promenade à Central Park, sous une pluie fine, un matin d'avril ; une bouteille de Chianti enrobée de paille dont leur avait fait cadeau un restaurateur qui croyait qu'ils étaient de jeunes mariés ; la petite couverture de fourrure qu'Ann partagea avec lui, un jour qu'ils assistaient à un match de polo ; un concert de jazz, complètement dément, à l'Onyx Club, avec Stuff Smith ; un baiser bref, déconcertant, dans un taxi...

Trois heures sonnèrent enfin, mais il ne se sentit pas mieux. Il savait qu'il devrait affronter une nouvelle nuit d'attente jusqu'à trois heures trente, puis une autre jusqu'à quatre heures trente. A cinq heures, il serait probablement devenu fou, s'il ne l'était pas déjà. Il espérait qu'Ann passait une meilleure nuit que lui. Si seulement l'assassin pouvait venir maintenant ! Tout valait mieux que cette attente insupportable. Mais pourquoi diable ne faisaient-ils pas taire Simeon March ?

L'ascenseur grinça, mais il ne s'arrêta pas à son étage. Les rideaux flottaient au vent comme les voiles d'une danseuse classique. Il y avait dans la pièce suffisamment de lumière pour qu'il puisse contempler leur danse, tantôt langoureuse, tantôt frénétique. La lumière bleue du couloir leur donnait une apparence laiteuse, diaphane, mais c'était très étrange. Ils ne projetaient aucune ombre. Il les regarda se lancer dans une tarentelle endiablée, et il n'y avait toujours aucune ombre. Une danse de fantômes.

Un homme se tenait près du lit. Il s'était approché sans faire de bruit, jusqu'à la porte sans doute grâce à ses semelles de caoutchouc, et jusqu'au lit, en marchant sur la pointe des pieds. Il posa doucement un sac noir, sur la table, dans l'ombre. Seules ses mains étaient visibles.

Essayant de retenir sa respiration, Crane resta immobile.

Dans les pâles rayons de lumière dispensés par la veilleuse, les mains prenaient une teinte livide. Des poils noirs, clairsemés du poignet aux jointures des doigts, poussaient en touffes sur les doigts eux-mêmes. C'étaient des doigts vigoureux et souples. Ils ouvrirent la trousse noire, sortirent un vaporisateur, surmonté d'un bec métallique et d'une poire en caoutchouc grosse comme un œuf. Ils la posèrent sur la table, replongèrent à l'intérieur du sac. Sans hâte, mais avec une étonnante rapidité de mouvements, ils sortirent une seringue hypodermique.

La main droite tenait la seringue entre le pouce et l'index. Le pouce pressa le piston sur quelques millimètres. Des bulles se formèrent à l'extrémité de l'aiguille. Deux gouttes de liquide tombèrent sur la table.

« *Aaaaaaaanaaahaa* » gémissait Simeon March.

L'homme se rapprocha du lit. Tenant la seringue de sa main droite, il attrapa de la gauche le bras de Simeon March.

« Non ! » Crane jaillit de son siège, le pistolet à la

main. « Je vous tiens en joue ! Ne bougez pas ! »

Immédiatement, les lumières s'allumèrent. Crane braquait son revolver sur l'homme. Miss Edens, près de la porte, gardait la main gauche sur l'interrupteur.

Brandissant la seringue, le Docteur Woodrin les regardait. Il clignait des paupières. Son visage rose et blanc était éberlué, et inquiet. « Mon Dieu ! s'écria-t-il. Vous m'avez fait peur. » Il se pencha sur Simeon March et lui fit la piqûre. « Je croyais que vous étiez avec elle dans la petite chambre.

— J'ai pensé qu'il était préférable d'attendre ici, dit Crane.

— Comment va-t-il, Docteur ? » demanda Miss Edens.

Le Docteur Woodrin rangea la seringue et le vaporisateur dans son sac noir. « Nous serons fixés dans les deux heures qui viennent. Je crois qu'il vivra. Mais je ne sais pas comment le journal du matin peut en être si sûr.

— Les journalistes procèdent toujours ainsi, dit Crane. Le meurtrier les croira peut-être. »

Lorsque le docteur réfléchissait, la peau blanche sur son nez avait deux rides en forme de *V*. « S'il y a bien un assassin... Vous savez, je crois vraiment que toutes ces morts sont accidentelles.

— Vous avez peut-être raison, dit Crane. On verra. S'il y a un assassin, il ne voudra pas que Simeon March reprenne connaissance. Surtout si le vieux l'a vu.

— C'est très possible. » Le Docteur Woodrin ramassa sa trousse. « Bonne chance. Si vous avez besoin de moi, je suis en bas avec Peter et Carmel. »

La pièce étant à nouveau plongée dans l'obscurité, Crane redevint très nerveux. Sa confrontation avec le docteur, si elle s'était bien passée, l'avait tout de même énervé. Il frissonna rétrospectivement lorsque lui revint l'image fantasmagorique des mains du docteur, se détachant dans la flaque de lumière pâle diffusée par la veilleuse. C'était le genre d'images que la Universal avait l'habitude de créer, dans ces films où le héros, attaché sur une table d'opération, dans un laboratoire aussi immense qu'une cathédrale, est sur le point d'être transformé en singe par un savant fou.

Crane songea qu'il n'avait jamais apprécié à sa juste valeur le réalisme de ces films.

Pendant un moment, il devait bien l'admettre, il avait cru que le docteur voulait injecter à Simeon March un liquide qui l'empêcherait de reprendre connaissance. Cependant, quand les lumières s'étaient allumées, il avait continué normalement à faire sa piqûre. Or, il n'aurait pas osé tuer le vieillard devant témoins. D'ailleurs, il n'avait absolument rien à voir avec l'agression dont avait été victime Simeon March.

Il retournait encore l'affaire dans sa tête quand l'horloge, dehors, sonna quatre heures. Si seulement, il pouvait replacer tous les faits dans la bonne perspective. De quoi parlait-il donc hier ? Ah oui, l'indice concluant. L'odeur écœurante de gardénia. Comment est-ce que ça cadrait avec le reste du tableau ?

Et Ann ! Que pouvait-il faire pour elle ?

Entendant un léger bruit dans le couloir, il retint sa respiration. Des chuchotements. Un homme parlait, une femme lui répondait. Et de nouveau, le silence. Simeon March ne gémissait plus, mias il avait une respiration rauque.

Il réfléchit aux coups de feu, pendant la chasse. Etait-il réellement visé ? Si oui, pourquoi ? Il ne possédait encore aucune information obligeant l'assassin à essayer de le tuer. Visait-on le Docteur Woodrin ?

Le vent était soudain tombé. Près de la fenêtre à demi-ouverte, les rideaux pendaient indolemment. Dans le lointain, un klaxon émit deux coups stridents. La chambre semblait avoir été remplie avec de la glace. On se serait presque cru dans une chambre froide.

L'infirmière entra. Elle s'arrêta à côté du lit de March. « J'ai bien peur que ce soit un fiasco, fit-elle.

— Il reste encore deux heures.

— Je vous ai apporté à boire. » Elle lui tendit un verre. « De la part de M. Williams.

— Voilà une pensée très généreuse. »

Le whisky, correctement dilué dans l'eau plate, était moelleux. Il lui réchauffa la gorge et l'estomac, lui nettoya la bouche. Il eut immédiatement l'impression d'aller beaucoup mieux. Elle prit le verre vide et retourna dans sa chambre.

Il se sentait un petit peu engourdi. Il n'était plus effrayé. Le whisky avait arrangé cela, et seul le traversait encore un léger sentiment d'excitation. Il songea qu'il avait été présomptueux dans son projet de capturer l'assassin. Le meurtrier avait dû l'apprendre. Pourtant, qui le savait ? Williams, le Docteur Rutledge, le Docteur Woodrin, l'infirmière et lui. C'était tout. Même les gardes, placés aux entrées, ignoraient de quoi il retournait.

Un chien, à deux immeubles de là, aboyait après quelqu'un. Ses aboiements, qui éclataient par séries de trois, finissaient par une note interrogative, comme s'il n'était pas vraiment convaincu qu'il devait aboyer. L'ombre bleue bizarre de l'homme vêtu d'une longue cape se reflétait à nouveau sur le plafond, à travers la partie vitrée de la porte.

Crane pivota sur sa chaise, de manière à être assis sur sa hanche gauche. Il pensa : Au diable, toute cette affaire ! Au diable, l'homme en bleu avec sa cape ! Au diable, tous ces bruits, quels qu'ils soient ! L'hôpital était le dernier endroit qu'il choisirait pour se reposer.

Il repensa à Ann, et il eut soudain le cœur barbouillé. Il savait qu'elle était retenue prisonnière, ou alors qu'elle était morte. Il savait que si elle était morte, il serait fini. S'ils sortaient intacts de ce gâchis, il ne travaillerait plus jamais sur une affaire avec quelqu'un qui compte autant pour lui. Que lui avait dit Delia Young, l'autre soir ? « Je me sens vidée. » C'est ce qu'il ressentait en pensant à Ann.

Qui pouvait la retenir prisonnière ? Il se demanda si Williams agissait de son côté. Il ne l'avait pas vu de toute la soirée. Il réfléchit sur ce qu'il devrait faire au lever du jour. Il serait contraint d'appeler la police. Vous vous rendez compte, un détective privé qui appelle à l'aide...

Un hurlement, si bref qu'il ne fut pas sûr de l'avoir réellement entendu, retentit dans le couloir. Il n'y en eut pas un second. Qu'est-ce que c'est encore ? Il saisit son revolver, se laissa glisser de sa chaise.

Au même moment, la porte de la chambre s'ouvrit, et les rideaux de mousseline dansèrent une gigue effrénée. Une grosse femme, vêtue d'un manteau de fourrure, un chapeau sur la tête, marcha jusqu'au lit, sur la pointe des pieds. Elle tenait un oreiller à la main. « Rends-toi ! » lui cria Crane. La femme, lâchant l'oreiller, tira deux coups de feu dans sa direction. La flamme jaune du pistolet l'aveugla. Il se réfugia derrière les rideaux qui s'agitaient au vent, et fit feu vers la porte. La détonation de son revolver était encore plus bruyante que celle de l'arme de la femme. Une fumée âcre lui picota le nez et les yeux. Dans un fracas assourdissant, ils firent feu tous les deux en même temps.

« Enfant de salaud ! » lança la femme. Sa voix était rauque, comme celle de Delia Young.

Elle tira un autre coup de feu, qui brisa une vitre, et elle s'enfuit. Crane courut vers la porte, fit un pas dans le couloir. La femme n'était plus qu'à quelques mètres de la cage d'ascenseur. Lorsqu'elle courait, un bout de sa jupe bleue dépassait de son manteau de fourrure brun. C'était une femme forte, avec des jambes musclées. Son chapeau ne permettait pas de voir la couleur de ses cheveux.

Crane fit décrire une courbe régulière à son revolver. Il visa soigneusement. Dans le couloir, l'écho de son coup de feu allait decrescendo. Il ne savait pas s'il l'avait touchée. Courant toujours, la femme tourna autour de la cage d'ascenseur.

Miss Edens était derrière Crane.

« Qui était-ce ?

— Je ne sais pas. »

Il s'élança dans le couloir. L'infirmière le suivit, en disant : « C'était la chute de Shanghaï ! »

La femme stoppa net leur progression. Elle se pencha à l'angle d'un mur, et tira au jugé sur Crane. Le large chapeau, le col relevé de son manteau, empêchaient de distinguer les traits de son visage. Miss Edens se cacha dans sa petite chambre. Crane, s'étant un peu avancé, se plaqua contre la porte de la chambre 417, l'ouvrit, entra à reculons dans la pièce.

La femme tira encore une fois, et Crane entra complètement dans la chambre. Derrière lui, une femme se mit à hurler.

« Pour l'amour de Dieu, ma bonne dame, dit Crane. Je ne vais pas vous faire de mal. »

Il passa sa tête à travers l'entrebâillement de la porte. La femme était partie. Il s'avança franchement dans le couloir. Rien. Il fila à toute allure et manqua de trébucher sur le corps d'une femme en uniforme d'infirmière. Elle gisait sur le sol en ciment, à côté d'une table munie d'un téléphone, la tête nageant dans une flaque de sang. Une chaise était renversée sur ses pieds.

C'était un ascenseur automatique. Un cadran, avec une flèche dorée et des chiffres romains, surmontait les portes vitrées. A cet instant, la flèche passait — en sens inverse des aiguilles d'un montre — du III au II. Crane saisit le téléphone.

« Allo ! Allo ! Bon Dieu ! Allo ! » Il appuyait sans interruption son pouce sur le crochet. « Allo. Les gardes de « March and Company » sont-ils dans le hall ?... Bien, dites-leur d'arrêter toute personne qui sort de l'ascenseur.

Vite ! »

Il lâcha le récepteur. Miss Edens s'était penchée sur le corps de l'infirmière d'étage.

« Elle est morte ? demanda-t-il.

— Je ne crois pas. »

La flèche dorée arriva au I. Elle repartit aussitôt. Une fumée grise tourbillonnait dans le couloir. Miss Edens souleva la tête de sa collègue, et glissa dessous un coussin de cuir noir. L'infirmière gémit doucement. La flèche était au II.

Crane observait le cadran. « Elle revient !

— Ce n'est pas possible » dit Miss Edens.

Crane vérifia son P 38. Il était chargé. « Elle va peut-être s'arrêter au troisième étage, fit-il.

Le femme du 417 hurla. Un cri aigu de terreur. Il sentit des frissons lui parcourir l'échine. Elle cria, reprit sa respiration dans un sanglot, et cria encore.

« Tenez-vous à l'écart de ce bordel », dit Crane à Miss Edens.

De sa main libre, et d'un coup de pied, il balança la table avec le téléphone, la retourna sur le côté. Des cartes de températures voltigèrent dans la pièce. Des crayons, des gommes, des trombones, du chewing-gum et un thermomètre dégringolèrent. Le téléphone se fracassa sur le sol en ciment.

La femme du 417 hurla.

Il tira par les pieds l'infirmière évanouie, la mit en sûreté, puis il s'agenouilla derrière la table. L'infirmière portait des bas de soie, qui montaient à mi-hauteur de ses jambes. Ses cuisses étaient nues. Crane aperçut de la lumière derrière les vitres semi-opaques des portes de la cage d'ascenseur. Il cala sa main, tenant le revolver, sur le bord de la table qu'il venait de retourner. Miss Edens se cachait dans l'encoignure d'une porte un peu plus loin, dans le couloir.

Avec un cliquetis métallique, l'ascenseur atteignit le IV.

Crane se tapit derrière la table et braqua son revolver sur la porte. Appuie sur la gâchette, se répétait-il, mais appuie sur la gâchette ! L'infirmière avait repris connaissance. Elle le regardait ; ses yeux luisaient de peur.

La porte de l'ascenseur s'ouvrit. Alice March s'engagea dans le couloir, tenant dans le creux de ses bras un bouquet de fleurs blanches. Un sourire doux illuminait son visage potelé. Elle était coiffée d'un grand chapeau.

19

Dans la cantine en porcelaine de l'hôpital, Crane ruminait ses noires pensées au-dessus d'un café libéralement arrosé de whisky. Il se sentait très mal dans sa peau. Il s'en voulait d'avoir laissé échapper la femme ; il ne savait toujours pas qui était l'auteur des crimes ; il pressentait qu'il avait laissé passer sa chance de sauver Ann. Il aurait aimé n'avoir jamais été un détective privé.

A la même table, buvant du café et dévorant des sandwichs au hamburger, étaient assis pratiquement tous ceux qui étaient impliqués dans l'affaire. Le Docteur Rutledge était revenu — il avait dormi quatre heures — et les autres se préparaient à veiller toute la nuit à l'hôpital, bien que Simeon March ait dépassé la phase critique de son mal quelques minutes après l'échange de coups de feu. Il avait même repris brièvement connaissance.

Alice March décrivait aux autres, de sa voix douce et malicieuse, ce qu'elle avait éprouvé lorsqu'elle avait été confrontée au revolver de Crane. « J'ai vraiment cru qu'il était devenu fou à lier, dit-elle. Surtout quand j'ai aperçu l'infirmière gisant dans une mare de sang. »

Peter March, dont la peau, sous une barbe bleutée naissante, était d'une pâleur mortelle, l'écoutait d'un air hébété.

« Je ne comprends toujours rien à tout cela », dit-il.

Entre deux bouchées de hamburger, le Docteur Rutledge reprit toute l'histoire, à partir du moment où il avait donné à Crane l'autorisation de veiller dans la chambre de Simeon March, jusqu'à la fuite de l'intruse. Il parlait principalement à l'intention de Carmel, dont le joli minois, pourtant très attentif, évoquait toujours pour Crane un masque peint, impassible et serein.

Le Docteur Woodrin était assis au bout de la table en porcelaine. Il semblait fatigué et son visage rond avait perdu un peu de sa roseur. Il écoutait le Docteur Rutledge, en buvant son café noir.

« Crane était persuadé que le meurtrier viendrait pendant la nuit... » continua le Docteur Rutledge.

Eh bien, le plan *avait* fonctionné, pensa Crane, avalant son café. Malheureusement, il avait tout fait louper. Il supposa qu'un homme plus courageux que lui aurait poursuivi l'assaillante avec plus de détermination ; d'assez près en tout cas, pour remarquer qu'elle avait fui par l'escalier de secours métallique menant sur le toit.

Il pouvait maintenant reconstituer très clairement la chaîne des événements. La femme, après l'avoir contraint à se réfugier dans la chambre de la malade aux hurlements, s'était précipitée vers l'ascenseur. Or, quelqu'un (Alice March) venait de l'appeler, et il commençait à descendre. Elle avait donc foncé vers une porte marquée « SORTIE », et elle s'était échappée par le toit.

Il avait été si abasourdi en voyant Alice sortir de l'ascenseur, qu'il n'avait pas songé une seconde à la possibilité d'une autre sortie. C'était comme si la femme s'était évanouie en fumée. Il était resté là à fixer le visage stupéfait d'Alice.

Une seconde après, les gardes de « March and Company » arrivaient par l'escalier principal. Ils lui apprirent qu'Alice était déjà montée dans l'ascenseur, lorsqu'ils avaient reçu son ordre.

Et finalement, ce fut Alice March qui dit :

« Ne pouvait-elle pas s'échapper par cette petite porte ? »

Ils trouvèrent des traces de sang sur l'escalier métallique. Quelques gouttes étaient tombées... sur les marches, et il y avait deux taches marron sur la rampe d'acier.

« Elle a dû être touchée, dit l'un des gardes.

— Pas très gravement » reprit un autre.

Il y avait un garde en bas de l'escalier d'incendie, et pendant un court instant, Crane espéra qu'il avait intercepté la femme. Mais les traces de sang s'arrêtaient sur le palier du second étage de l'escalier de secours. Là, périlleusement, par une fenêtre ouverte, la femme s'était introduite dans le Foyer des infirmières, qui jouxtait l'hôpital. Ensuite, elle n'avait plus eu qu'à emprunter l'escalier d'incendie, situé derrière cet immeuble, et à sauter dans l'allée.

Crane but une autre tasse de café arrosé de whisky. Il ne devait s'en prendre qu'à lui-même. Quoiqu'il pouvait difficilement prévoir qu'il faille encercler tout le quartier. Il n'aurait d'ailleurs pas eu assez d'hommes. Il...

Le Docteur Rutledge avait terminé son récit. « Où est Ann ? » demanda Peter à Crane.

Crane répondit : « Elle est à la maison, je crois. » Il se sentit soudain, au fond de lui, très malade.

« Comment réagirait-elle si elle savait que vous étiez mêlé à tous ces coups de feu ? » demanda Carmel.

Sa réaction, devant l'agression dont avait failli être victime Simeon March, et la révélation que l'asphyxie dans le garage n'était pas accidentelle, n'était pas différente de celle des autres March, ni de celle du Docteur Woodrin. Apparemment, ils avaient toujours pensé qu'il y avait quelque chose de louche derrière toutes ces morts, et ils étaient soulagés que ce soit enfin clair. Mais ils n'abordaient pas encore entre eux le sujet.

Crane les comprenait. D'autant que l'assassin était peut-être parmi eux.

Il répondit à Carmel : « Elle serait très surprise.

— Elle ne sait donc pas que vous êtes un détective-amateur ? » demanda Alice.

Crane secoua la tête. Il souhaitait qu'on ne lui parle plus d'Ann. Il dit : « Excusez-moi », se dirigea vers le téléphone, et appela chez lui.

Son cœur ballottait en entendant le téléphone sonner et sonner. Personne ne répondait. Il se demanda où Williams avait bien pu passer.

Lorsqu'il revint à la table, ils parlaient de l'infirmière de garde.

« Tout ce sang, expliqua le Docteur Woodrin, a été provoqué par un simple saignement de nez. Elle va bien maintenant. »

Le Docteur Woodrin ajouta : « Dommage qu'elle n'ait pas bien vu la femme qui l'a frappée.

— Selon toute apparence, elle a attaqué ses victimes par derrière, dit le Docteur Rutledge. Simeon March non plus ne l'a pas vue. »

Le bref résumé que fit M. March de l'agression dans son garage, justifiait les théories de Williams. On lui avait jeté une couverture sur la tête, alors qu'il montait dans sa voiture. Il s'était débattu, mais son adversaire avait pris facilement le dessus. On l'avait jeté au sol, on l'avait attaché, et on avait démarré le moteur de sa limousine. Il avait immédiatement respiré du gaz... Puis il s'était réveillé dans un lit.

Crane pensa à Ann. Pourquoi avait-elle disparu ? Etait-elle retenue prisonnière ? Vivait-elle toujours ? Ou était-elle morte, asphyxiée par le gaz ?

Carmel demanda au Docteur Rutledge quand Simeon March serait suffisamment rétabli pour rentrer chez lui. Pas avant plusieurs jours, répondit le docteur.

« Nous laisserons des gardes en faction devant sa chambre », dit Peter.

Alice reprit : « Mais cette femme ne reviendra plus.

— Je préfère ne courir aucun risque » fit Peter.

Crane s'adressa au Docteur Woodrin. « Si la femme l'avait étouffé avec son oreiller, et si elle s'était enfuie sans qu'on la voie, auriez-vous compris ce qui s'était passé ?

— C'était le crime parfait, assura le Docteur Woodrin.

Nous aurions cru que le gaz avait fini par le terrasser. »

C'était une idée joliment horrible. Le meurtrier était malin ! Et sans pitié ! Crane avait la conviction qu'Ann avait découvert la vérité et qu'on s'était débarrassé d'elle. Eh bien, il allait passer le restant de sa vie à...

« Voulez-vous encore du café et du whisky ? lui proposa Carmel.

— Du whisky. »

Elle emprunta au Docteur Rutledge son whisky, et en remplit à moitié la tasse de Crane.

« Vous avez l'air malade, dit-elle.

— Je suis malade.

— Ce n'est pas votre faute, si la femme s'est enfuie.

— Je l'aurais eue, si j'avais été plus courageux.

— Vous avez été courageux.

— J'ai été lamentable.

— Non. »

Un membre du personnel de service de l'hôpital, vêtu d'une blouse blanche, tapa sur l'épaule de Crane. « On vous demande au téléphone, M. Crane. »

C'était Williams. Il semblait surexcité.

« Je ne t'entends pas » dit Crane.

La voix de Williams était difficilement audible. Comme s'il hurlait dans un très long tuyau. « Merde ! J'essaie de te dire que j'ai retrouvé la dame amochée.

— Quelle dame ?

— La dame qui a fait tout ce ramdam à l'hôpital. »

Crane resta silencieux. Williams dit :

« Tu m'entends ? *La dame qui a fait tout ce...*

— Je t'entends, mais je ne te crois pas, dit Crane.

— Mais, Bill, je l'ai repérée quand elle a sauté de l'escalier d'incendie, derrière le Foyer des Infirmières. J'ai vu qu'elle avait un revolver, alors je l'ai suivie. Elle est allée...

— Où es-tu ? l'interrompit Crane, avec fébrilité.

— Je ne sais pas si je dois te le dire, vu que tu doutes de

moi.

— Ne fais pas le modeste, reprit Crane. Tu es formidable. Tu es un grand détective. Tu es plus malin que moi. Je t'adore. Veux-tu m'épouser ? Mais, nom de Dieu, dis-moi où tu es ?

— Nationale 20, le première ferme après l'embranchement avec la bretelle de l'autoroute de Charlesville.

— Quelqu'un est avec elle ?

— Elle est partie seule, mais l'endroit paraît fréquenté.

— Nous serons là dans dix minutes.

— Ça m'étonnerait ! Il y a au moins trente bornes.

— Bon alors, dans un quart d'heure. »

Williams était assis sur le marchepied du coupé qu'il avait loué. Ses yeux noirs clignotèrent de surprise devant le déploiement d'automobiles.

« Tu as fait appel à la milice ? »

Crane descendit de la voiture du Docteur Woodrin. « Ils ont tous insisté pour venir. »

Carmel March, assise dans la décapotable de Peter, cria, toute excitée : « Où va-t-on maintenant ?

— Les femmes aussi ? demanda Williams, écœuré.

— On n'a pas pu les laisser à la maison.

— Il va y avoir des coups de feu.

— Elles resteront derrière.

— Bon, allons-y. »

Williams les conduisit, tous feux éteints, sur la route goudronnée, pendant environ huit cents mètres, puis il fit un signal pour obliger les voitures à stopper. A moins de cent mètres, apparut un petit chemin, traînée grise dans la campagne noire.

« Maintenant, on y va à pied » dit-il.

Peter March conseilla aux femmes de rester dans les voitures. Il posta un garde à l'entrée du chemin. « Arrêtez toutes les voitures qui tenteraient de sortir. »

Leur petite troupe était composée de trois gardes, du

Docteur Woodrin, du Docteur Rutledge, de Peter March, de Williams et de Crane.

Tandis que ses compagnons discutaient d'un éventuel plan d'attaque, Crane examinait le chemin, à l'aide d'une lampe de poche, qu'il avait placée sous son veston, pour masquer le jet de lumière. Il fut tout excité en découvrant sur la terre molle une série de petits cratères. C'étaient exactement les traces de pneus que le tireur avait laissées derrière lui, au Club de chasse.

Le Docteur Rutledge, se rapprochant de lui, s'enquit : « Que faites-vous ?

— J'ai trouvé des traces de pneus fraîches. »

Ils restèrent tous les deux, pendant que les autres poursuivaient à voix basse leur discussion. Crane demanda au docteur : « Avez-vous du bleu de méthylène dans votre trousse ?

— Oui, je crois. Pourquoi ?

— Nous pourrions trouver là-bas quelqu'un qui a été gazé. » Il pensait à Ann. « Ça peut agir combien de temps après l'absorption du gaz ?

— Tout dépend de la quantité de gaz respirée.

— Combien faites-vous d'injections ?

— Tout dépend du patient.

— Combien de fois le vaporisez-vous ?

— On ne le vaporise pas. Où avez-vous pêché cette idée ?

— Je ne sais pas. Je croyais quc c'était ce qu'on m'avait dit. »

Apparemment, ils avaient dû décider du plan à suivre, car Williams, touchant le bras de Crane, lui dit : « On y va. »

Ils se mirent en route. Peter March, juste devant, chuchota à l'intention de Williams : « Vous êtes sûr qu'elle est là ?

— Je sais qu'elle y est entrée. »

Le chemin semblait descendre un peu, et commençait à

serpenter. Des bouquets d'arbres, des buissons, une herbe haute, le bordaient de part et d'autre. Ils devaient s'arrêter de temps à autre pour permettre à ceux qui étaient en tête de reconnaître le chemin. Il faisait très froid. L'endroit était très calme.

« Comment avez-vous fait pour la suivre ? reprit Peter March.

— Elle conduisait foutrement lentement. De peur d'être arrêtée par les flics, je suppose, répondit Williams. J'ai pu la suivre avec mes phares éteints.

— Non, je voulais dire, jusqu'ici, fit Peter.

— Oh. Je ne suis pas venu ici. Lorsqu'elle a tourné, j'ai stoppé ma voiture et j'ai surveillé ses phares. Je l'ai vu garer la voiture devant la maison et éteindre les phares.

— Et ensuite, vous êtes allé à la ferme donner votre coup de fil ?

— Ouais. »

Ils avaient à nouveau quitté le chemin. L'un des gardes gratta une allumette. La flamme orange éclaira des arbres et des visages blancs. Quelqu'un arracha l'allumette de la main du garde. « Espèce d'idiot, fit le Docteur Woodrin. Tu veux nous faire repérer ? »

Williams retrouva le chemin. L'obscurité n'étant pas totale, Crane reconnaissait le dos de Peter juste devant lui. Le ciel, perçant à travers un enchevêtrement de branches, était mauve. Dans une heure, le jour se lèverait. Brusquement Williams fit halte.

« Voici la maison. »

Ils aperçurent, droit devant eux, un pâle rectangle de lumière jaunâtre. Un bref instant, ils eurent l'impression que la lumière flottait dans l'air, puis ils distinguèrent les contours vagues et gris d'une ferme à deux étages. Le rectangle de lumière était l'une des fenêtres du second étage.

« Quelqu'un est levé », dit Williams.

Dans un chuchotement général, ils décidèrent que

quatre hommes encercleraient la maison. Les quatre autres essaieraient d'y pénétrer subrepticement. Au moindre coup de feu, les quatre qui restaient dehors se précipiteraient à l'intérieur.

Williams se porta volontaire pour être l'un de ceux qui entreraient dans la maison. Tous proposèrent que Crane soit le second. Peter fut le troisième. Il restait une place. Le Docteur Rutledge s'offrit comme quatrième, mais Crane refusa.

« Ce n'est pas votre « show » », dit-il.

Un peu à l'écart du groupe, le Docteur Woodrin observait la maison. Il se retourna vers eux et dit : « Je viens avec vous. John et Richard... Talmadge... C'étaient mes meilleurs amis. C'est certainement *mon* « show ». »

20

Une inspection sommaire, mais prudente, de la ferme leur révéla que les fenêtres et les portes étaient bouclées. La nuit était couleur gris Oxford ; seules restaient dans le ciel les étoiles les plus grosses. Il n'y avait pas de vent. Williams les mena devant la porte d'entrée. Il essaya son passe-partout dans la serrure. Après un petit instant, la porte s'ouvrit, et ils entrèrent derrière lui.

Le vestibule dégageait une odeur de renfermé, pareille à celle d'une pièce qui n'a pas été aérée depuis longtemps. Il y avait une odeur de cuir séché, de poussière, d'étoffes moisies, de souris, et de bois pourri. Un air chaud et humide leur fouetta le visage.

Sous leurs pieds, le plancher craqua faiblement. Ils s'arrêtèrent, retinrent leur respiration.

On parlait, quelque part en haut de l'escalier. Les voix étaient assourdies. Impossible de préciser s'il s'agissait d'hommes ou de femmes. La conversation était paisible : un roulement de mots, un long silence, une réponse murmurée.

Un pinceau dc lumière, giclant de la lampe-stylo de Williams, éclaira un tapis vert, si élimé qu'on voyait la trame du tissu à travers le poil. Ils aperçurent un peu plus loin un escalier avec un premier palier d'environ trois mètres de large. A gauche, une balustrade en chêne avait été partiellement détachée de son socle. Elle penchait bizarrement, tels ces rails de chemin de fer arrachés par les inondations. Au-dessus du palier, un lambeau de mousseline cachait à demi une fenêtre carrée.

Williams toucha le bras de Crane. Ils montèrent les

marches en rasant du dos le mur de droite. Sur le palier, Crane découvrit avec surprise que la fenêtre carrée était composée de petits carreaux multicolores : verts, rouges, bleus, oranges et bruns. La seconde volée d'escalier leur sembla plus sûre.

Un souffle d'air froid courait le long du couloir du second étage, engourdissant leurs poignets et leurs chevilles. Les voix étaient plus fortes, mais ils ne parvenaient pas à distinguer les mots que prononçaient les occupants de la maison. A cinq mètres sur leur droite, la lumière, s'échappant d'une fente sous la porte, faisait une tache douteuse sur le plancher.

L'homme éclata soudain d'un rire rauque. Crane perdit presque l'équilibre. Un tressaillement de peur le projeta contre le mur et il tendit la main pour se retenir. Une toile d'araignée se colla à ses doigts. Il réalisa que l'homme riait, dans la pièce éclairée. Il essaya d'enlever la toile d'araignée avec le canon de son revolver. Il avait eu une sacrée trouille.

Ils suivirent le couloir jusqu'à la porte. Une femme riait avec l'homme. Ils semblaient tous deux un peu ivres. Entre deux spasmes, l'homme dit d'une voix grave :

« Comme quand j'étais bootlegger, nom de Dieu ! »

Il tapa violemment du poing sur la table. Ils rirent aux éclats.

Williams chuchota à l'oreille droite de Crane : « Le toubib n'est pas armé. Il va balancer un coup d'épaule dans la porte, et foncer. Toi, Peter et moi, on le couvrira. »

Des grognements méchants, des aboiements brutaux s'élevèrent de derrière la maison. Deux coups de feu retentirent. Crane aperçut les éclairs à travers la fenêtre colorée. Le chien jappa une fois encore et se tut.

Le Docteur Woodrin dit : « Allons-y ! » Il donna un coup d'épaule dans la porte, qui craqua comme une bûche dans un feu. Il entra dans la pièce en chancelant. Crane le suivit, avec Williams à ses côtés. Ils précédaient Peter March d'un bon pas.

Posées sur une table nue, deux lampes à pétrole, dont les flammes tremblotaient, répandaient dans une partie de la pièce une lumière jaunâtre. A travers leurs rayons imprécis, ils entrevirent une femme aux cheveux roux, portant une robe de chambre aux couleurs criardes ; un quart de mauvais whisky et deux verres à moitié pleins ; un lit défait sur lequel était assis un homme vêtu d'une jupe bleue et d'un maillot de corps. La femme était Delia Young. Elle était assise sur une chaise, entre la table et le lit. Elle tournait son visage fardé dans la direction des coups de feu. L'homme regardait dans la même direction, mais son visage était dans l'ombre. Un tas informe de vêtements traînait dans un coin de la pièce. Le bras gauche du type était entouré d'un bandage très serré, juste audessus du coude.

Crane observa toute l'action comme s'il s'agissait d'un film sur un match de boxe, avec un arrêt sur image permettant aux spectateurs d'apprécier plus particulièrement l'un des coups de poing. L'arrêt sur image, c'était la porte qu'on défonce. En pénétrant dans la pièce, il rentrait dans la réalité.

Delia Young hurla. L'homme se pencha. Il trifouilla dans les couvertures du lit. La voix du Docteur Woodrin fit trembler les vitres :

« On vous tient, cette fois. »

Delia Young hurla. Le tas de vêtements, qui traînait dans un coin, remua. La main de l'homme décrivit promptement un arc de cercle. Une fraction de seconde à peine, avant qu'il ne fasse feu, le Docteur Woodrin, qui se trouvait entre Crane et lui, se jeta au sol. Comme en écho, le revolver de Williams répondit. Crane fit feu à son tour. Ils tirèrent encore une fois. « Vous... vous... » bredouilla l'homme. Son corps devint soudain flasque, et il tomba la tête la première sur le plancher. Delia Young hurla plus fort.

« Toi, la souris, boucle-la » lança Williams.

Crane s'avança, pointant toujours sur le lit son revolver fumant. Le Docteur Woodrin se releva. Crane regarda le corps du type. C'était Slats Donovan. Il était mort. Peter March se précipita vers le tas de vêtements qui traînait toujours dans un coin. Crane s'empara de la bouteille de gnôle restée sur la table. Elle était à moitié pleine. Il essuya le goulot avec la paume de sa main, et il but une large rasade.

« Mon Dieu ! dit-il, lorsqu'il eut fini. Oh, mon Dieu ! »

Delia Young cessa de hurler. Ses yeux, sous leur barbouillage de mascara bleu, étaient effrayés. Williams saisit Donovan sous les aisselles.

« Donne-moi un coup de main, Bill. »

Ils portèrent le corps sur le lit. Crane remarqua du sang sur sa main gauche, sur son poignet gauche. Il n'avait pas de mouchoir dans sa poche droite, et il n'osait pas salir ses fringues en cherchant de sa main gauche. Il ouvrit son veston, essuya sa main sur sa chemise. Il l'avait payée deux dollars.

Peter aidait le tas de vêtements à se relever. C'était Ann Fortune, ligotée et bâillonnée. Crane éprouva un vif soulagement. Il se demanda comment elle avait fait pour trouver la maison. Elle souriait à Peter.

Crane dit : « Une chance pour toi qu'on passait par là, petite. »

Ann lui sourit. « Hello, Bill » fit-elle. Ses cheveux paille avaient la teinte d'or clair du vin de Champagne. « Vous avez failli me perdre. »

Le Docteur Woodrin examinait Donovan. « C'est fini pour lui. » Son visage avait perdu sa couleur rose.

« Vous avez des tripes, pour foncer comme ça, sans arme » lui dit Williams. Il vit que son visage était tout blanc. « Vous n'êtes pas blessé ?

— Non.

— Où la balle est-elle passée ? »

Personne ne le savait. Williams ajouta : « Encore heureux que Bill et moi ayons tiré vite. »

Delia Young les regardait fixement. « Vous n'êtes qu'une foutue bande d'assassins », dit-elle de sa voix voilée.

Le Docteur Rutledge et les gardes avaient grimpé l'escalier. Ils roulèrent des yeux ronds en découvrant le cadavre et Delia Young. Williams leur décrivait encore la fusillade, lorsque Carmel et Alice March arrivèrent à leur tour. Elles avaient elles-mêmes pris le volant de deux des voitures.

« Nous *voulons* juste savoir ce qui se passe » dit Alice.

Les yeux noirs de Carmel s'étaient posés sur Ann, près de Peter : « Comment diable avez-vous fait pour être là ? » demanda-t-elle.

Ann répondit : « J'ai pensé que Slats Donovan était l'assassin. J'ai su où Delia Young se cachait grâce à la fille du « Chat Cramoisi ». Donovan m'a surprise au moment où je m'introduisais dans la maison.

— Slats Donovan a tué John et Richard ? s'enquit Carmel.

— Et Talmadge. » Peter March regarda Ann. « C'était très intelligent de votre part d'élucider cette énigme.

— Rien que du sale boulot de gangster », lâcha Williams.

Ann dit : « Ce n'était pas bien intelligent de me faire prendre.

— Mais que s'est-il passé ici ? » insista Alice March.

Peter recommença le récit de la fusillade à l'intention de Carmel et d'Alice.

« Je suis heureux que tu sois saine et sauve, dit Crane à Ann.

— Tu ne me l'as pas beaucoup montré. » Sa voix était douce. « Laisser un autre dénouer mes liens. »

Crane haussa les épaules. Il s'assit sur la table et fit un

signe du doigt à Williams.

« Va me chercher la trousse du Docteur Woodrin, lui dit-il à voix basse. L'une des poulettes a ramené sa guinde.

— Merde ! dit Williams. Donovan est mort.

— Je la veux. »

Les yeux noirs de Williams devinrent soudain inquiets. « Tu n'es pas blessé, dis, Bill ? »

Crane lui sourit. « Va chercher la trousse. »

Peter March racontait toujours son histoire. « Tu peux vraiment me remercier de t'avoir sauvé la vie, dit Crane à Ann. Moi et Doc Williams. Je ne pouvais pas te délivrer, parce que j'étais trop occupé avec Donovan.

— C'était moins une, en effet ! admit-elle. Je ne comprends d'ailleurs pas comment sa balle t'a manqué. »

Crane aperçut Williams dans le couloir. Il alla à sa rencontre, lui prit la trousse des mains, l'ouvrit, fouilla à l'intérieur.

« Que cherches-tu ? demanda Williams. A boire ? »

Quelqu'un dans la pièce cria : « Crane ! »

Il en sortit un certain nombre d'instruments médicaux : un étui à thermomètre en argent, une sonde en acier, du coton, un vaporisateur, un bocal en verre rempli de capsules pharmaceutiques. Il transporta le tout dans la pièce.

Peter March demanda : « Voyez-vous une raison à ce qu'on n'enlève pas le corps ?

— Non, aucune.

— Que fait-on de la femme ?

— Relâchons la, dit Ann. Elle était pratiquement prisonnière ici. »

Alice se tenait près du Docteur Rutledge. « Je ne comprends pas pourquoi Donovan a tué Richard... et... et tous les autres. » Son visage dodu avait l'air abasourdi.

Williams désigna le lit du pouce : « Pourquoi ne lui demandez-vous pas ? »

Peter March dit : « Il haïssait tous les March, parce qu'on l'a fichu à la porte de « March and Company ». »

Crane posa tous les instruments médicaux sur la table, à côté de la bouteille de whisky. Il ne se sentait pas très bien. Il but une bonne rasade, s'assit sur la table, reposa la bouteille. Il était assis, le dos courbé, le ventre rentré.

Ann l'observait. « Tu vas bien, Bill ? »

Il lui sourit : « Bien sûr. » Il s'en voulait de l'aimer autant. Il prit le vaporisateur, le pointa sur son nez, appuya un petit coup sur la poire en caoutchouc. Il éternua.

Le Docteur Rutledge dit à Peter March : « Il devait quand même y avoir un autre mobile que la vengeance. »

Crane replaça le vaporisateur sur la table, et commença à se faire les ongles avec la sonde chirurgicale. « Effectivement, dit-il.

— C'était quoi ? » demanda Peter March.

Crane ignora sa question. Il laissa tomber la sonde, sortit le revolver de sa poche. Il le tendit à Williams. « Ne laisse pas le Docteur Woodrin sortir de la pièce » dit-il.

Il se fit un grand silence, lorsque Williams braqua l'arme sur le médecin.

Puis, le Docteur Woodrin s'écria : « Qu'est-ce qui vous prend ? » Son visage rose et blanc était furieux. « Si c'est une plaisanterie, je ne…

— Du calme ! fit Williams.

— S'il bouge, descends-le, reprit Crane.

— Vous êtes devenu fou ! s'exclama Carmel.

— Vous croyez ? » Crane prit le vaporisateur et l'aspergea légèrement. « Avec ceci, je vous purifie. » Il appuya plusieurs fois sur la poire en caoutchouc. Il avait un peu mal à la tête.

Ils devaient tous penser qu'il avait perdu la tête. Même Williams avait des doutes. Lui devait penser qu'il était un peu ivre. Il se demanda si on n'avait pas ajouté du narcotique au whisky.

Le jet léger du vaporisateur forma comme un petit nuage autour de la tête de Carmel, perla sur son manteau de vison, flotta derrière Peter March.

« Quel parfum ? fit Crane.

— Mon gardénia ! cria Carmel.

Crane pressa une dernière fois la poire du vaporisateur. « Quel cadavre ne souhaiterait pas sentir aussi bon ? » interrogea-t-il. Il se tourna vers Peter March. « Pouvez-vous fouiller la voiture du Docteur ? »

Peter March fit signe à l'un des gardes qui se tenait près de la porte.

Crane s'adressa au Docteur Woodrin : « C'était très malin, n'est-ce pas, d'essayer d'incriminer Carmel ?

— Vous êtes fou à lier », dit le Docteur Woodrin.

Le Docteur Rutledge reprit : « Moi, je le deviens lentement. Grand Dieu, Crane, donnez-nous quelques explications. »

Crane se sentait très fatigué. La gnôle ne lui faisait aucun bien, mais il but quand même une autre rasade.

« C'est une histoire de parfum, d'eau pleine de pétrole, de plagiaire, et de chasse aux canards » fit Crane.

Carmel March sursauta : « Chasse aux canards ?

— Enfin, le Club de chasse. On a trouvé du pétrole au Michigan, près de Lansing, et en Illinois. » Crane se tourna vers Peter March. « Et il y en a sûrement une fichue quantité dans le terrain de votre arrière-grand-père. »

Tout le monde, même les gardes, était pendu à ses lèvres. Il continua : « Woodrin l'avait compris. Ayant été médecin pour une compagnie pétrolière, il en connaissait un bout sur le sujet. L'affleurement d'une nappe de pétrole, la composition géologique du sol du territoire de chasse : tout cela n'avait plus de secret pour lui. Mais il ne pouvait pas acquérir le domaine. »

Le garde qui avait fouillé la voiture du Docteur Woodrin revint. Il rapportait une couverture écossaise et un filet de tennis. « Je les ai trouvés dans le coffre » précisa-t-il, et il ressortit.

Crane reprit : « Il y avait peu de chances que quelqu'un

remarque la présence de pétrole à cet endroit, même si ça tuait les poissons dans les trous d'eau. Les March ne sont pas des magnats du pétrole. En outre, les puits les plus proches sont à plus de huit cents kilomètres. Cependant, étant l'administrateur de la succession de votre arrière-grand-père, Woodrin pouvait très bien se vendre à lui-même le terrain... *après la mort du dernier March* ».

L'air incrédule, Peter March regardait le docteur : « Tous ces meurtres pour s'emparer d'un champ de pétrole ?

— Oh, il vous haïssait, aussi. »

Carmel frissonna. « Il nous haïssait ?

— Bien sûr. Vous êtes riches ; pas lui. Lorsqu'il a eu la possibilité de gagner de l'argent, avec Donovan et Talmadge, dans le lancement de la boîte de nuit, John a tout bousillé. Il s'est alors intéressé au pétrole. Combien rapporte un champ de pétrole ? Un million de dollars ? Cinquante millions ?

— Il y a des types qui tuent pour cinquante tickets » dit Williams.

Le visage rond du Docteur Woodrin avait la teinte d'une glace au caramel. « Vous n'allez pas croire toutes ces sornettes ? » demanda-t-il à Peter.

Crane posa un coude sur sa cuisse, puis le menton dans la paume de sa main. Il était plus à l'aise ainsi, mais il se sentait vraiment mal fichu. Il ajouta : « Maintenant, en ce qui concerne les meurtres, dans l'ordre... »

Il fut interrompu par le garde qui laissa tomber par terre un rouleau de tuyau de caoutchouc blanc. « C'est tout, dit le garde.

— Merveilleux ! dit Crane, en regardant le tuyau. Voilà la preuve décisive. »

Le revolver de Williams cracha le feu avec un boucan de tous les diables. On aurait pu croire que le bruit du coup de feu avait provoqué le bond effrayé du Docteur Woodrin. En fait, le bond avait précédé le coup de feu, et la balle avait atteint la cible alors qu'elle se trouvait dans le couloir. Le docteur fit deux pas lourds en avant, et il s'écroula la tête la première dans les escaliers.

Alice March hurla. Carmel la fit taire d'un : « Ferme-la, espèce de grosse idiote !

— Joli tir, Williams » commenta Crane.

Tous, sauf Ann et Delia Young, sortirent dans le couloir, à la suite du Docteur Rutledge. Delia Young était assise sur sa chaise, immobile. Crane resta perché sur la table. Il avala une autre lampée de whisky. Il but, toujours penché en avant. Il se demanda si Ann était fâchée, parce qu'il buvait.

« Tu ne me remercies pas de t'avoir sauvée ?

— Ce n'était pas Donovan, finalement. », Ses yeux verts étaient encore ronds d'étonnement.

« Je crois vraiment que tu devrais me remercier », fit Crane.

La balle avait pénétré dans la hanche du Docteur Woodrin. C'était une blessure propre, mais il y avait pas mal de sang. Carmel aida le Docteur Rutledge à le bander. Deux gardes allaient le conduire à l'hôpital. « Prévenez la police, dit Peter. Nous arrivons. »

Crane leur lança : « Vous feriez mieux de me laisser terminer, avant que je ne m'écroule. »

Ils rentrèrent tous dans la pièce.

« L'idée centrale était de faire passer tous ces meurtres pour des accidents et un suicide, poursuivit-il. Lorsque Richard s'est trouvé mal, dans sa voiture, au Country Club, le docteur a tout simplement fixé le tuyau de caoutchouc au pot d'échappement, et l'a fait passer par la vitre. Il a attendu la mort de Richard, puis il l'a retiré. Richard était ivre, il ne pouvait pas sentir le gaz.

— Ce gaz est pratiquement inodore, en plus, dit le Docteur Rutledge.

— La mort de John lui a posé plus de difficultés. Woodrin est allé le voir dans son garage. Il lui a jeté sur la tête la couverture écossaise, pour étouffer ses cris, et il l'a emprisonné dans le filet de tennis. (Rappelez-vous qu'il transportait toujours avec lui un filet de tennis !) Ainsi, il le maintenait sans risquer que son corps fût couvert d'ecchymoses. L'oxyde de carbone s'est faufilé sous la couverture.

— C'est abominable ! » fit Carmel.

Après un bafouillage du moteur, la voiture du Docteur Woodrin finit par démarrer. Le conducteur passa en première. Un vent léger, qui s'était levé avec l'aube, agita les stores. L'automobile, loin de la maison, roulait maintenant en seconde.

« Talmadge est mort comme Richard, dans sa propre voiture.

— Pourquoi n'était-il pas sur le siège du conducteur ? voulut savoir Williams.

— Il s'est fait posséder. Pendant la danse, Woodrin, sous un prétexte quelconque, s'est arrangé pour le rencontrer dehors, et il est sorti le premier un peu avant lui. Il a installé le tuyau de caoutchouc, démarré le moteur — ostensiblement — pour que le système de chauffage fonctionne. Lorsque Talmadge l'a rejoint, Woodrin était sur le siège du conducteur. Il respirait l'air extérieur par l'entrebâillement de la portière. La voiture était déjà pleine d'oxyde de carbone.

— Mais pourquoi Talmadge n'a-t-il pas senti le gaz ? s'écria Carmel.

— Il est presque inodore, comme vient de le préciser le Docteur Rutledge... et Talmadge avait un mauvais rhume.

— Woodrin ne pouvait plus respirer par sa portière entrebâillée, quand Talmadge était là, fit remarquer Peter. Ça aurait paru louche. Pourquoi ne s'est-il pas évanoui, lui aussi ?

— Il n'est resté dans la voiture qu'un petit instant, dit Crane. Il a inventé une excuse pour quitter Talmadge : un mot à laisser, quelqu'un à prévenir. Ou n'importe quoi d'autre. Il a fermé la portière derrière lui. La nuit était froide ; la chaleur était douce. D'ailleurs, même si Talmadge s'est probablement inquiété à cause de l'oxyde de carbone, il y avait une autre raison — psychologique — pour que le moteur continue de tourner. »

Il y eut un moment de silence.

« La politesse. Woodrin avait démarré le moteur et mis en marche le système de chauffage, parce qu'il avait froid. Pour Talmadge, bien qu'il s'agisse de sa propre voiture, il aurait été impoli de l'arrêter. Et tout le temps qu'il mourait, le Docteur Woodrin le surveillait à distance, n'ayant plus ensuite qu'à retirer le tuyau. »

Peter March demanda : « Et pourquoi le billet, dans le cas de John, alors que les morts devaient paraître accidentelles ?

— Woodrin ne voulait pas d'enquête policière. Il a fabriqué le billet parce qu'il savait que, si quelqu'un soupçonnait quelque chose d'anormal, votre famille, pensant que John avait tué Richard et s'était suicidé, ferait cesser toute enquête. Pour égarer la police, il a aidé Carmel à arranger les lieux en disposant des outils sur le sol du garage, et en levant le capot du moteur... Le coroner ne pouvait alors que conclure à la mort par accident.

— Le billet fabriqué ne présentait-il pas un risque ? demanda le Docteur Rutledge.

— Non. » Crane avait énormément de mal à garder les yeux ouverts. « Carmel était affolée par ce qu'elle avait découvert. Il y avait donc peu de chances qu'elle l'examine avec attention. Et il a été détruit aussitôt. »

A l'arrière de la maison, un coq chanta. Les deux lampes à pétrole ne diffusaient plus qu'une maigre lumière. Ann observait Crane.

Crane soupira et but encore une gorgée de gnôle. Il espérait que toute l'affaire était vraiment élucidée. Il se sentait bien mal, et même l'alcool n'y pouvait rien.

Peter reprit : « Et Papa ? Woodrin était avec nous lorsqu'on l'a agressé.

— C'était Donovan. Il a essayé de plagier tout ce qu'il venait d'apprendre sur ces meurtres, de ma bouche et de celle de Delia Young. Il a toujours haï Simeon March, et lorsqu'il a su que l'on pouvait assassiner les gens par l'oxyde de carbone, il a cru qu'il pouvait braconner sur les terres de l'assassin. » Crane croisa ses bras sur son ventre. « Mais il a salopé le boulot. *Il a oublié le gardénia*. C'est ainsi que j'ai compris qu'il n'était pas le véritable assassin.

— Vous croyez qu'il savait que Woodrin était l'assassin ? demanda Peter.

— Oui, je crois. Je ne serais pas surpris qu'il ait vu Woodrin en train de trafiquer la voiture de Talmadge. Il était au Country Club, ce soir-là. »

Le Docteur Rutledge commenta : « Comme M. March n'était pas mort, Donovan a craint qu'il révèle son identité, et il a essayé de l'achever. »

Crane approuva d'un signe de tête.

« Comment le Docteur Woodrin est-il devenu votre principal suspect ? s'enquit Alice March.

— A cause de son attitude, lorsqu'il a appris l'asphyxie de Simeon March. Il avait pris les autres morts avec un tel calme. Là, il ne pouvait pas le croire. A cause aussi, du vaporisateur qu'il a sorti de sa trousse, à l'hôpital, dans la chambre de M. March. On n'utilise pas de vaporisateur pour soigner un empoisonnement par absorption d'oxyde de carbone.

— Vous croyez qu'il aurait étouffé M. March et l'aurait ensuite parfumé au gardénia ? demanda le Docteur Rutledge.

— J'en suis persuadé. » Crane ferma les yeux pendant une seconde. « Et l'indice concluant était l'eau pleine de pétrole, au Club de chasse.

— Qui vous a tiré dessus, pendant la chasse ? demanda Peter.

— Donovan. Il a agressé votre père, et puis il nous a

retrouvés. Il voulait m'effrayer. Il craignait que j'en sache trop.

— Comment avez-vous acquis la certitude qu'on avait utilisé un filet et un tuyau en caoutchouc ? reprit Peter.

— Pour le filet, j'ai deviné. Mais j'ai vérifié la présence du caoutchouc sur les pots d'échappement. »

Delia Young, toujours assise sur sa chaise, dit de sa voix voilée : « Je pensais bien que tu étais un flic, Arthur. »

Peter hocha la tête. « Et si Woodrin souhaitait tant assister à la curée, c'est qu'il voulait être sûr de la mort de Donovan. Il craignait que l'autre nous fournisse des alibis pour les morts de John et de Richard. »

Crane reprit : « Il fallait avoir du courage pour risquer ainsi d'encaisser une des balles de Slats avant que nous l'ayons tué, mais c'était un acte désespéré. Il n'osait pas tuer Slats lui-même. Il savait qu'alors nous le soupçonnerions.

— Slats a tout de même été bien près de l'avoir, fit Williams.

— Et voilà, dit Crane. Le rideau est tombé. »

Il avala une autre rasade de whisky, surpris de constater que la bouteille était presque vide. Le Docteur Rutledge et le garde qui était resté là se dirigèrent vers l'escalier. Ann regarda Peter et Carmel sortir de la pièce. Williams les suivit, accompagné de Delia Young. Il lança un clin d'œil à Crane. Alice March appela Carmel et Peter : « Attendez-moi. » Elle était la dernière à partir. Elle frôla Ann au passage, près de la porte. Crane ferma les yeux, les rouvrit, et, voyant qu'Ann était toujours là, les referma.

Après un long moment de silence, elle demanda : « Tu es malade, Bill ?

— Non.

— Tu es terriblement pâle. »

Il laissa tomber sa tête contre une de ses épaules. « Je vais très bien. »

L'inquiétude perça dans la voix d'Ann. « Bill. » Elle courut vers la table. « Que se passe-t-il ?

— Rien.

— Tu n'es pas blessé ?

— Ce n'est rien. »

Elle lui saisit le bras. « Où ? »

Il poussa un cri de douleur. « Ne me touche pas. » Il se redressa au prix d'un terrible effort. « S'il te plaît, vas-t-en. » Il serrait ses deux mains contre sa poitrine. « Je t'en prie.

— Bill ! » Elle écarta ses mains, ouvrit son veston. « Tu as été touché ! Tout ce sang sur ta chemise !

— Je vais très bien.

— Mais, Bill, pourquoi n'as-tu pas prévenu les docteurs... » Ses yeux verts étaient écarquillés. « C'est si moche que ça ? »

Il acquiesça d'un lent signe de tête.

« Oh, chéri, ne meurs pas ! Je ne pourrais pas supporter que tu meures. » Elle le regarda. « Que puis-je faire... ?

— Tu peux... me remercier... de t'avoir sauvée.

— Naturellement, je te remercie, Bill. » Ses mains ouvrirent la chemise ensanglantée. « J'étais seulement en colère parce que tu as laissé Peter... » Elle chercha en vain la blessure. Elle laissa retomber le pan de sa chemise.

« Espèce de salaud, dit-elle. Te ficher de moi comme ça ! Je ne t'adresserai plus jamais la parole, aussi longtemps que je vivrai.

— Chérie, dit-il, alors, tu seras l'épouse idéale. »

ACHEVÉ D'IMPRIMER
SUR LES PRESSES DE
L'IMPRIMERIE TARDY QUERCY
A CAHORS (LOT)

Imprimé en France
N° d'Impression : 6119
Dépôt légal : mars 1986